강룡검제

6

소월 신무협 장편 소설

뿔미디어

목차

第一章

경고

환의궁.

이백 명의 수호대가 겹겹이 에워싸고 있는 그곳을 검왕이 찾았다.

"무슨 일이십니까?"

수호대장 단리열이 검왕에게 다가섰다. 검왕은 그에게 눈길 한 번 주지 않은 채 말했다.

"맹주를 만나러 왔다."

"알고 계실 텐데요. 맹주님께선 아직 깨어나지 않으셨습니다. 누군가를 만날 상황이 아닙니다."

"그는 이미 다 나았다. 지금이라면 본좌와 대화를 하는 것도 가능할 테지."

"예?"

단리열이 난감한 표정을 지었다.

남궁운의 상처가 대부분 회복된 것은 사실이다. 그러나 그가 아직 깨어나지 못했다는 것 역시 사실이었다.

그런데 어찌 대화를 할 수 있단 말인가?

검왕 유극태는 나직이 혀를 찼다.

"지금 그는 깊은 잠에 빠져 있는 것이나 같네. 그러한 잠은 의원 나부랭이들이 깨울 수 있는 게 아니지."

유극태의 몸에서 순간 기세가 피어났다.

화아악!

"……!"

"흑!"

단리열을 비롯한 이백 수호대는 자기들도 모르는 새 몇 걸음씩 물러난 상태였다. 검왕은 그것이 당연하다는 듯한 얼굴로 말했다.

"그걸 깨울 수 있는 것은 강렬한 투기(鬪氣)뿐. 본좌야 말로 그에 적합할 테지."

"거, 검왕님……."

"본좌는 바쁘다네. 얼른 끝내고 돌아가 해야 할 일이 산더미처럼 쌓여 있네. 그러니 더 말할 여유도 없고, 그럴 생각도 없군."

유극태가 한 걸음 나섰다. 이백 인이 두 걸음씩 물러났다.

유극태가 두 걸음 나섰다. 이백 인이 다섯 걸음씩 물러났
다.

"어찌할 텐가?"

단리열은 입술을 깨물었다. 이건 숫제 협박이나 다름없
잖은가.

그러나 협박도 하는 사람에 따라 명령이 될 수 있는 법.
검왕은 농담처럼 건넨 한마디로도 천무맹을 뒤흔들 수 있는
인물이었다.

결국 단리열이 손을 들었다. 긴장하고 있던 이백 수호대
가 멀찍이 물러났다.

"들어가 보십시오."

"그러지."

유극태는 당연하다는 태도로 걸어 들어갔다. 그가 환의
궁 안으로 모습을 감춘 뒤에 몇몇 수호대원들이 참았던 숨
을 토했다.

"헉헉! 헉……."

단리열 역시 숨이 가빠져 있는 것을 느꼈다.

'독대하는 것만으로 이런 위압감이라니.'

맹주 남궁운에게서도 느껴 본 적 없는 위압감이다. 그야
말로 왕의 위세랄까.

단리열은 어느새 자신이 검왕을 맹주보다 위에 두고 있
음을 깨달았다. 그것은 아마도 이백 인의 수호대원들 역시

마찬가지일 터.

부끄러운 일이다. 그러나 그 생각을 머릿속에서 지울 수가 없었다.

'어쩌면 천무맹의 무게중심은 이미 옮겨진 것일지도 모른다.'

지금 누군가 유극태야말로 진짜 천무맹주라고 외친대도, 단리열은 그를 말리거나 욕할 수 없을 것 같았다.

◈

안으로 들어선 검왕은 곧장 남궁운의 병실로 향했다. 방을 오가던 시비들이 검왕을 보자마자 흠칫하여 물러났다.

남궁운의 병실엔 의원 한 명만이 자리를 지키고 있었다. 그 역시 검왕을 보고는 깜짝 놀란 표정을 지었다.

"어, 어찌 이곳에?"

"비키게."

별다른 말도 없이 냉큼 비키라 말하는 검왕. 의원은 직감적으로 두 번째는 없으리라 생각했다.

"아, 알겠습니다."

의원이 종종걸음으로 물러났다. 검왕은 당연하다는 표정으로 남궁운의 머리맡에 앉았다.

"칠칠치 못하구나. 그깟 암수에 당해 지금까지 고꾸라져 있다니."

침묵만이 검왕의 목소리에 대답했다. 턱을 쓰다듬은 검왕이 다시금 입을 열었다.

"이게 다 십 년간의 게으름 때문이다. 무인이 싸울 상대를 잃고, 싸울 자리를 잃고, 싸울 시기를 으면, 그건 더 이상 무인이 아닌 것이다."

"……."

"너의 천무맹이 그러했다. 지난 십 년간의 천무맹이 그러했다. 평화 협정이라고? 휴전이라고? 그 결과가 어떠한가. 힘을 기른 마교 놈들이 우리의 앞마당까지 왔다가 살아 돌아갔다. 혈풍대는 궤멸당했고, 너는 내부 반역자에 의해 병상에 처박혔다."

검왕은 손을 들어 남궁운의 이마를 짚었다.

"이젠 더 이상 그래선 안 된다. 적들의 칼날은 이미 코앞까지 다가와 있다. 지금 필요한 건 천무맹을 하나로 뭉칠 힘이다. 그럴 만한 자질을 지닌 무인의 존재다."

파밧!

검왕이 두 눈을 부릅떴다. 순간 그의 몸에서부터 맹렬한 기세의 투기가 흘러나왔다.

움찔.

남궁운의 몸이 살짝 요동쳤다. 검왕은 지속적으로 투기

를 보냈고, 남궁운의 반응도 차츰 커져 갔다.

그러던 한순간.

남궁운이 오랜 꿈에서 깬 듯 눈을 떴다.

"……!"

남궁운은 한동안 아무 말도 꺼내지 않았다. 그저 두 눈을 깜빡이며 방의 전경과 검왕을 돌아볼 따름.

검왕은 그가 입을 열 때까지 기다렸다.

"자네로군."

남궁운의 입이 열렸다. 검왕은 나직이 고개를 끄덕였다.

"그렇다네."

"내게 훈계하듯 소리치던 목소리는 자네의 것이었나?"

"아마도 그럴 테지."

"그렇다면 그 일 역시 꿈이 아니었겠군."

"그 일?"

고개를 끄덕인 남궁운이 말했다.

"한 여자아이가 나를 암살하려 했었네. 정천이 그걸 저지했고. 두 사람은 내 머리맡에서 싸움을 벌이다가 이내 사라졌지."

"개꿈을 꾼 게 아닐세. 실제로 혼절한 자네를 암살하려는 시도가 있었으니까."

"그랬군."

남궁운은 지그시 눈을 감았다.

"자네의 이야기는 잘 들었네. 자네 말대로 나의 방식이, 지난 십 년 동안의 통치가 천무맹을 약하게 만든 것일지도 모르지."

"그런 것일지도 모르는 게 아니야. 이 모든 일엔 분명 자네의 방식이 큰 몫을 했어."

"변명하진 않겠네. 그러나 내가 단순히 평화에 찌들었던 것만은 아니야."

"그런가?"

"우리의 적은 마교뿐만이 아닐세. 어쩌면, 아니 분명 마교보다도 거대하리라 추정되는 적이 우리의 바로 곁에 존재하네."

검왕은 놀라지 않았다. 이미 어느 정도는 알고 있었기에.

"팔부혈선에 대해 말하는 것인가?"

"알고 있었군."

"알게 된 지는 얼마 되지 않았네. 자네마저 그 얘기를 꺼낼 정도라면 거짓은 아니겠군."

"거짓일 리가 없지. 내가 당한 것도 그들의 술수에 의한 것이니."

남궁운이 작게 한숨을 쉬었다.

"나뿐만이 아니야. 역대 맹주들 중 상당수가 그들의 눈 밖에 나 하루아침에 변사했지. 그들의 힘은 천무맹이란 집단 깊은 곳까지 뿌리를 내리고 있어."

"오랜 기간 권세를 누려 온 문파나 가문들은 의심할 필요가 있겠군. 앞으로 유념하겠네."

남궁운은 검왕의 말투가 미묘하다는 것을 놓치지 않았다.

"앞으로 유념하겠다고?"

"그렇다네."

"마치 자네가 맹주라도 된 듯이 말하는군."

"앞으로 그렇게 될 테니까."

남궁운은 분노하지 않았다.

언제고 예상했었던 일이다. 검왕이 언제고 맹주직을 노리리라는 건 익히 알고 있었으니까.

그가 쓰러져 있던 지금이라면 뭔가 수를 썼다고 해도 이상할 게 없었다.

"설명해 보게."

"그러지."

검왕은 무덤덤한 목소리로 말을 이어 갔다.

"천무맹은 어느 때보다도 크게 비틀거렸고, 그 중심이라할 수 있는 자네는 쓰러져 버렸네. 나를 비롯한 많은 이들이 자네의 자질에 대해 의문을 제기했지."

"선동을 했군."

"뭐, 구태여 부정하진 않겠네. 중요한 건 새로운 맹주의 필요성을 황룡성의 모두가 느끼고 있다는 점이지. 또한 군사 역시 여기에 이의를 제기하지 않았네."

남궁운은 제갈현을 원망하지 않았다. 그 혼자서는 대세를 거스르지 못했을 것이다.

게다가 천무맹에 항상 맹주가 있어야 한다는 건 만고불변의 진리이기도 했고.

"맹주가 필요한 때에 자네는 그 자리에 없었어. 그것이 예기치 못한 사고 때문이라 해도, 그 사실 자체는 변하지 않네."

"알고 있네."

맹주는 천무맹의 심장이다. 그렇기에 어떻게든 쓰러지거나 무너져선 안 된다.

비바람이 몰아쳐도 우뚝 서 있어야 하고, 태풍이 불어와도 휩쓸려선 안 된다.

수십만 정파 무인들이 그 한 명만을 바라보기에.

맹주는 철인이어야만 했다.

한 개인에게 주어지는 짐이라기엔 너무나 거대했으나, 그것을 해낼 수 있는 사람만이 맹주의 자리를 얻을 수 있는 게 사실이었다.

그리고……

"나는 분명 맹주로서의 의무를 다하지 못했지."

순순히 인정한 남궁운이 물었다.

"그래, 그래서 어떤 방식으로 새 맹주를 뽑기로 했지?"

"황룡회를 열 것이네."

"황룡회?"

"간단한 것 아니겠나? 우리들은 무인. 무인에게 가장 어울리는 방식으로 대표를 뽑자는 거지."

"비무회로군. 하지만 자칫하면 엉뚱한 인물이 맹주가 될 수도 있을 텐데?"

"어중이떠중이가 차지할 수 있을 정도로 맹주의 자리가 녹록할 것 같은가?"

"언제 어떤 일이 일어나도 이상하지 않은 게 무림일세."

그 말은 검왕 역시 동의했다. 하지만 그렇다고 불안감을 느끼는 것은 결코 아니었다.

"걱정하지 말게. 내가 우승할 것이니."

하늘을 찌를 듯한 자신감. 그러나 그 누구도 그에게 오만하다고 말하지 못한다. 그 자신감조차도 검왕의 일부분이기에.

남궁운도 그 사실을 잘 알고는 있었다. 그럼에도 그는 입을 열어 말했다.

"오만하군."

"하하하."

검왕은 소탈하게 웃었다. 평상시 그의 모습을 아는 이들이라면 깜짝 놀랄 모습이었다.

두 사람은 딱히 친분이 있는 사이가 아니었다. 도리어 지난 수십 년 동안 반목해 온 정적이라 할 수 있었다.

하지만 그렇기에 오히려 통하는 게 있는 법.

검왕은 친구를 대하는 듯한 살가운 태도로 말을 이어 갔다.

"자네도 깜짝 놀라게 될 걸세. 이번 황룡회에 나타나게 될 면면을 살펴본다면 말이야."

"이곳저곳을 찔러 본 모양이군."

초고수라 할 수 있는 이들 중 맹주직에 욕심을 지닌 사람은 열에 서넛밖에 되지 않는다.

그러나 검왕이 저렇게 말할 정도면, 못해도 열에 여덟아홉은 출전할 것이 분명했다.

"어떤 방식으로 그들을 구슬렸나?"

"사람에 따라 방법을 달리했지. 호승심이 있는 자들에겐 그걸 건드릴 만한 강자의 이야기를 흘렸고, 물욕이 있는 자들에겐 막대한 상금 이야기를 흘렸네. 협사들에겐 천무맹의 위기에 대해 이야기했으며, 세상에 초연한 이들에겐 우정의 이름으로 부탁을 했지."

"역시 오랫동안 준비해 온 사람답군."

남궁운은 새삼 식은땀이 흐르는 걸 느꼈다. 검왕은 지금, 자신의 강력한 적수가 될 수 있는 이들을 모조리 끌어모은 것이다.

그럴수록 변수가 많아질 게 뻔한데 말이다.

그 이유는 남궁운 역시 잘 알고 있었다.

"정말 역대 최강의 천무맹을 만들고 싶은 모양이군, 자네."

"그래."

검왕은 간단히 긍정했다.

"무인 집단이란 것은 의외로 단순해. 강한 자가 많으면 그만큼 강한 것이지. 군대에선 강한 자가 많아 봐야 전술과 계략의 힘을 당해 낼 수 없겠지만, 무림의 집단은 다르지."

검왕의 말은 사실이다. 군인과 무인은 애초부터 전혀 다른 존재인 것이다.

"나는 맹주의 자리에 오를 것일세. 그리고 황룡회의 참석한 이들을 최대한 포섭할 것이네. 그리하여 역대 최강의 천무맹을 만들 것이야."

정말 엄청난 자신감이라 할 수 있었다. 단순히 우승하는 것을 넘어, 참가자 모두를 자신의 제어하에 둘 것이란 의미니 말이다.

강한 자가 많은 집단은 물론 강하다. 그러나 그것은 내부 분열이 전혀 없을 때의 얘기다.

이론과 실상의 차이가 여기서 발생한다.

강한 무인은 좋은 전력이기에 앞서 모난 돌이다. 언제 무슨 문제를 일으킬지 모르는데다, 어지간해선 억누를 수도 없다.

지금 검왕은 그런 문제점까지 자신이 제어할 것이라 말하는 것이었다.

"무모해. 너무나 무모하네. 자네의 말처럼 된다면야 좋겠지만, 현실은 이상과는 다르네."

"알고 있네. 하지만 난 해낼 것이네."

너무나 확고한 목소리에 남궁운은 뭐라 더 말하지 못했다. 본인이 그렇다는데 누가 뭐라 할 수 있겠는가.

"어쨌든 한 가지는 분명해 보이는군. 한 사람의 무인으로서 견문을 극대화할 수 있는 기회라는 것."

"물론이지."

빙긋 웃은 검왕이 말했다.

"정천, 그 사내도 그 자리에 참가할 게야."

"정천……."

남궁운은 나직이 그 이름을 곱씹었다.

무려 두 번이나 자신을 구해 준 사내. 한때는 자신과 장로들에 의해 나락 밑바닥에 버려져야 했던 사내.

"홀로 내달리는 이리 같은 사내야. 자네라고 해도 수중에 둘 수는 없을걸."

"나는 해낼 것이네."

"세상엔 길들일 수 없는 존재들이 있는 법이야."

"그거야 두고 보면 알 일이겠지."

검왕은 자리에서 일어났다. 남궁운 역시 상체를 일으켜 바르게 앉았다.

"자네는 어쩔 텐가? 자네도 참가하지 않겠나?"

검왕의 말에 남궁운은 쓴웃음을 지었다.

"나 역시 포섭하겠다고?"

"중용해 주지."

"미안하지만 이번엔 빠지겠네. 몸 상태도 상태거니와, 이제 내가 낄 자리는 없어 보이는군."

검왕이 기분 좋은 미소를 지었다.

"역시 자네는 현명하단 말이지."

칭찬인지 비웃음인지 모를 말이었다. 그러나 지금의 남궁운은 그 말에 반발할 입장이 아니었다.

"나의 시대는 끝났군."

남궁운은 솔직하게 인정했다. 이미 정천에게 목숨을 구원받은 그 순간, 맹주로서의 그는 죽은 거나 마찬가지였다.

검왕이 돌아서려다 멈춰서 남궁운을 보았다.

"가장 믿었던 이에게 배신당했으며, 한때는 버렸던 이에게 구원받았다. 무인으로서 이만한 치욕도 없을 것이야."

"그게 무림이지."

"그래. 또한 이런 일이 누구에게나 일어날 수 있는 곳이 무림이기도 하네."

남궁운은 맑은 눈으로 검왕을 바라봤다.

"자네도 마음을 단단히 먹는 게 좋을 걸세."

"나는……."

뭐라 대답하려던 검왕이 입을 닫았다.

한동안 남궁운의 두 눈을 똑바로 보던 그가 돌연 몸을 돌렸다.

"나는 그 누구에게도 패배하지 않네."

검왕이 환의궁을 떠났다.

남궁운은 더 이상 보이지 않게 된 그의 빈자리를 응시하다가 중얼거렸다.

"패배하기 전까진 누구나 그렇게 생각한다네."

◈

만월(滿月)이 떠올랐다.

화륜문 장원의 전경 위로 풀벌레 소리가 낮게 깔렸다. 이따금 달이 구름에 가려질 때마다 짙은 어둠이 벌레 소리를 짓누르며 내려앉았다.

다시금 달이 구름을 벗어났을 때, 장원이 한눈에 보이는 돌담 위엔 인형(人形)이 하나 얹혀 있었다.

"……."

조용히 장원을 응시하는 인형. 마치 누군가를 기다리는 것만 같다.

이윽고 그의 목젖 위로 칼날이 닿았다.

인형의 눈동자가 움직였다.

"오랜만이야."

"그렇군."

백미련이 대답했다.

평소와 마찬가지로 침착한 목소리. 그러나 어딘지 모르게 불안감이 느껴졌다.

"혼자 온 건가?"

"그런 것 같나?"

언제나 질문에 질문으로 대답한다. 백미련이 상대방을 싫어하는 이유 중 하나였다.

"솔직히…… 모르겠군."

인형, 소윤 또래로 보이는 소년이 픽 웃었다.

"정말 무뎌졌구나, 구검절후."

그 순간 백미련의 목젖에 칼날 하나가 와 닿았다. 백미련은 온몸에 소름이 돋는 것을 느꼈다.

"하긴 그랬으니 실패했을 테지."

목소리는 백미련의 뒤에서 울렸다. 이번엔 갈라지고 쉰 노인의 그것.

실제로 백미련의 목을 겨누고 있는 이는 백발노인이었

다. 인두라도 지진 양 흉측한 화상 자국을 두 눈에 박고 있는.

백미련이 이를 악물었다.

"천연살(天然殺)과 살마괴(殺魔怪)!"

소년, 천연살이 씩 웃었다.

"우리 둘 말고도 세 명쯤이 더 왔어. 여길 찾아온 사람은 우리뿐이지만."

노인, 살마괴가 딱딱한 목소리로 말했다.

"지금 꼬락서니를 봐선 우리 둘만으로도 충분하겠군."

"너희들……!"

"혈선들께선 너의 실패에 대해 궁금해하셨다. 하지만 구태여 보고할 필요도 없을 것 같군. 절후의 구검은 무뎌지고 무뎌져 종이 하나 자를 수 없게 되었나 보군."

"하하! 한 번 시험해 볼까, 살마괴?"

친구라도 부르는 양 친근하게 말하는 천연살. 듣기에 따라 기분이 나쁠 수도 있을 법한데 살마괴는 별다른 표정 변화가 없었다.

하기야 그건 당연했다.

생긴 건 소년이나 천연살은 실제 나이 오십에 육박하는 중년인이었고, 다 죽어 가는 노인의 외관이나 살마괴의 나이 역시 오십 근방이었던 깃이다.

외견은 정반대이나 나이는 비슷한 두 사내.

마라혈천 내에서도 최고의 단짝으로 통하는 그들이었
다.

꾸욱.

백미련의 목에서 피가 흘렀다. 살마괴의 요검이 살을 파
고든 것이다.

"원래 우리의 임무는 너의 상황을 살피는 것이다. 하지
만 이래서는 이 자리에서 그대로 죽여 버려도 문제가 없겠
군."

천연살이 고개를 설레설레 저었다.

"그래선 안 되지. 기왕 죽일 거라면 한판 붙어 보고 죽
이는 게 낫잖아? 구검 중에 일검도 구경을 못했는데 죽이
면 아깝다고."

"무뎌졌다고는 해도 한때 마녀로까지 통하던 계집이다.
무슨 수작을 벌일지 알 수 없다."

"뭐 어때? 제깟 게 수작을 부려 봐야 우리 둘을 당해 낼
순 없을 텐데."

두 사람은 백미련을 마치 장난감처럼 보는 듯했다. 그럼
에도 백미련은 분노를 느낄 수가 없었다.

실제로 저들 개개인의 실력은 그녀에 필적한다. 그런 둘
이 함께 있는 지금이라면 말할 것도 없었다.

더군다나 자신은 뒤를 내준 상황.

'하지만……'

목을 겨누고 있는 칼만 어찌할 수 있다면 또 모른다. 그렇기에 그녀는 차라리 두 사람이 자신을 가지고 놀기를 바랐다.

그때 천연살의 눈동자가 그녀의 시선과 마주쳤다.

"혹시 설레었나?"

"뭐?"

꾸우욱.

살마괴의 요검이 더욱 깊이 파고들었다. 백미련은 살이 천천히 베어지는 느낌에 전율했다.

아주 약간, 아주 약간만 칼날이 더 파고든다면 즉사할 터.

그러나 어느 한순간, 살마괴의 움직임이 멈췄다. 그야말로 백미련의 목숨이 간당간당하던 순간이었다.

"호오."

천연살이 기묘한 감탄을 뱉었다.

"제법인데. 설마 우리들이 미처 감지하지 못할 정도로 다가오다니 말이야."

"네놈들이 워낙 부주의한 것들이니 그럴 테지."

목소리의 주인은 살마괴의 목을 겨누고 있었다. 좀 과하다 싶을 정도로 거대한 대도를 가지고서.

장유추가 광천뇌도를 살짝 흔들고는 으르렁거렸다.

"빌어먹을 칼 치워라. 목을 댕강 떼이기 싫다면."

"흥."

코웃음을 치긴 했으나 일단 요검을 치우는 살마괴였다. 그제야 자유로워진 백미련이 몇 걸음 물러나 콜록거렸다.

"고맙군."

"흥. 네년이 좋아서 도운 게 아니니 고마워할 것도 없다."

질색이라는 듯 대답한 장유추가 광천뇌도를 치웠다. 자연히 두 사람이 두 불청객과 마주보는 형태가 되었다.

천연살이 싱글거리며 말했다.

"정정당당한 협객이시군. 모처럼 얻은 기회를 그냥 버리다니."

"비겁한 건 질색이니까. 게다가 네놈, 마음만 먹었다면 어렵잖게 몸을 피할 수도 있었잖나."

살마괴가 피식 웃었다.

"그랬지. 구검절후와는 달리 말이야."

"……."

백미련은 입술을 깨물었다.

확실히 그녀는 약해져 있었다. 아직까지도 강룡검에 당했던 타격이 온전히 회복되지 않았기 때문이다.

외상이야 치료했다지만 내상은 쉬이 낫질 않고 있었다. 아마도 시간만이 해답일 터.

어쨌든 지금 현재로선 저들보다 못해도 한 수 이상은 뒤지고 있는 그녀였다.

"그런 건 아무래도 좋다."

장유추가 광천뇌도를 붕붕 휘둘러 보였다.

"시끄럽게 수다 떠는 건 질색이니 붙을 테면 어서 붙어
보자꾸나. 마침 숫자도 딱 맞군. 아니면 두 놈 다 노부에게
덤벼도 상관없다."

"대단한 자신감이군그래. 입만 갖고 허풍 떠는 건 누구
나 할 수 있지만."

"정말 입만 살았는지 시험해 볼 테냐?"

프츠츠츠.

광천뇌도의 칼날 위로 희미한 뇌기가 어렸다. 양팔을 쓰
던 때보다도 위력 자체만큼은 훨씬 올라간 강렬한 검기였
다.

백미련은 내심 감탄한 눈으로 장유추를 보았다.

'팔을 잃은 게 저자의 검기 자체를 변화시켰어.'

어깨 아래로 완전히 잘려 나간 왼팔은 철저히 버려졌다.

장유추는 체내의 기운을 돌릴 때 아예 그쪽으로 향하는
기운 전부를 거두어 버렸다.

그렇게 거두어진 기운은 거의 억압에 가까운 방식으로
오른팔에 뭉쳐 들었다.

자칫하면 주화입마에 들어설 수도 있는 방법이었다. 실
제로 왼팔이 온전했을 때 이랬다면 칠공에서 피를 쏟았을지

도 모를 일이다.

다행한 것은 장유추의 육체 역시 변화에 적응했다는 점.

왼팔을 잃게 된 그의 몸은 자연히 오른팔 하나뿐인 상황에 적응하기 시작했다.

여기엔 오른팔을 더욱 가혹하게 단련시킨 장유추의 훈련도 큰 몫을 했다.

그 결과 지금의, 양팔의 기운 전부가 오른팔 하나에 뭉쳐들게 된 검기가 탄생했다.

부분적인 환골탈태라고도 할 수 있는 변화였다.

"대단하네?"

천연살이 순순히 감탄했다. 살마괴 역시 동의한다는 듯 고개를 끄덕였다.

"역시 무림이 넓긴 넓은가 봐. 댁 같은 고수도 있는 걸 보면 말이지."

"흥. 싸우는 게 무서운 건가? 무단으로 침입한 녀석들이 어울리지 않게 칭찬이나 하고 앉았군."

"아무래도 이 대 삼은 좀 불리할 것 같아서 말이야."

백미련과 장유추 너머를 가리키며 말하는 천연살이었다. 두 사람은 굳이 고개를 돌리지 않고도 누구를 말하는지 알 것 같았다.

정천은 한가로운 태도로 툇마루에 앉아 있었다.

"끼어들지 않을 테니 붙어 보시지. 물론 여기 말고 밖에서."

정천의 말에 장유추가 사납게 웃었다.

"붙어 보라는데 어쩔 테냐. 이래도 발을 뺄 건가?"

"응."

생글생글 웃으며 대꾸하는 천연살. 덕분에 장유추의 얼굴만 잔뜩 구겨졌다.

"이런 빌어먹을 애새끼가?"

당장에라도 달려들려는 장유추를 백미련이 말렸다.

"관둬. 녀석의 도발에 넘어가지 마. 그게 녀석이 바라는 거니까. 그리고 생긴 것은 저래도 나이는 오십을 넘겼어."

"나이 따윈 아무래도 좋다. 적이 도발한다면 도발하는 대로 응해 줘야지!"

"녀석은 살진법의 대가야."

그 한마디에 장유추가 분노를 멈췄다. 백미련의 말이 사실이라면, 도발에 열을 내 무턱대고 덤볐다간 피를 볼 수도 있었다.

장유추가 조용해지자 천연살이 입맛을 다셨다.

"아깝네. 재미있게 놀 수 있을 뻔했는데."

"네놈……."

"댁 정도 되는 고수라면 꽤 오래 버틸 수 있었을 거야. 그만큼 죽어 가는 걸 보는 나도 즐거웠을 테고."

"으음!"

장유추가 이를 악물었으나 더 덤벼들진 않았다. 진정한 살진에 빠졌을 때 어떤 일이 벌어지는지 잘 알고 있었던 까닭이다.

느긋하게 있던 정천이 물었다.

"금역의 안개 역시 네놈과 관계된 건가?"

"나의 선대가 만들었지. 그 뒤를 이어 지속적으로 보수해 온 게 나고."

"생긴 것과 다르게 얕볼 수 없는 녀석이군."

"그런가? 칭찬으로 받아들이지."

웃으며 대답한 천연살이 살마괴에게 눈짓했다. 살마괴는 백미련을 바라보며 말했다.

"혈선들께는 이렇게 보고하겠다. 구검절후 백미련은 임무에 실패했으며, 그런 주제에 뻔뻔하게 적과 결탁했노라고."

"……."

"세간에 화륜문으로 알려져 있는 문파가 그 협력 세력이며, 그 우두머리는 아마도 구검절후 이상의 고수일 것이라는 것 역시."

정천이 쓴웃음을 지었다.

"좋게 봐줘서 고맙긴 한데, 난 화륜문의 우두머리 따위가 아냐."

"그건 중요한 게 아니다."

"그리고 우린 딱히 저 여자의 협력 세력도 아냐. 하지만 별 상관은 없겠군. 너희와 대면하는 건 나로서도 바라는 일이니까."

화아악.

정천이 뿜어낸 살기가 천연살과 살마괴의 주변을 잠식했다.

"엇?"

"……!"

내내 여유롭던 두 사람의 표정이 처음으로 경직되었다. 예상치 못했던 상황이기도 하거니와, 정천의 살기가 예상했던 것 이상으로 강렬했던 것이다.

'이런, 낭패다. 내가 저자에 대해 오판했다.'

살마괴는 지그시 이를 악물었다.

'구검절후 이상 정도가 아니다. 구검절후를 가볍게 능가하는 고수다.'

단순히 살기의 밀도만 따진다면 천연살과 살마괴 두 사람이 덤벼도 승산을 자신할 수 없다. 더군다나 천연살의 특기가 적을 끌어들이는 살진임을 생각해 본다면 더더욱.

'이곳은 저들의 자리. 살진을 펼친 여긴이 되지 않는다. 게다가 살진을 펼치더라도 승리를 자부할 수 없는 마

당이니.'

싸워선 안 된다. 살마괴는 여차하면 도망칠 생각을 하며 긴장했다.

"너희를 지금 죽이진 않는다. 혈선들에게 보고를 올려야 할 테니까."

정천이 나직이 말을 이었다.

"보고 올리는 김에 이 말도 전해. 너희 팔부혈선은 내가 모조리 죽여 버릴 거라고."

"네놈!"

천연살이 고함을 쳤다. 내내 여유작작하던 태도는 어느새 자리를 감춘 뒤였다.

정천의 입매가 비틀렸다.

"흥. 충성심 하나는 대단한 모양이군. 하지만 머리는 좋지 않은 모양이야. 살진이 특기라는 놈이 먼저 달려들려고 들어서야 쓰겠나? 하긴 내 살기에 짓눌렸을 테니, 버티려면 악이라도 질러야겠지."

"크읏."

천연살이 침음했다. 정곡을 쿡 찔렸던 까닭이다.

그는 결코 쉽게 흥분하는 멍청이가 아니었다. 도리어 상대방을 흥분시켜 자신의 영역으로 끌어들이는 심리전의 대가였다.

그러나 지금은 무지막지한 살기 앞에 겁을 먹고 말았다.

그렇게 되니 거의 본능적으로 기세를 발출할 수밖에 없었다.

살마괴가 천연살의 어깨를 짚었다.

"놈의 말이 옳다. 지금은 싸울 만한 상황이 아니다."

"나도 알고 있어."

신경질적으로 대꾸한 천연살이 정천을 노려봤다.

"네놈의 이름이 뭐지?"

"정천."

"그렇군. 좋다, 정천. 네놈의 말을 꼭 그분들께 전해 드리겠다. 그리고 한 가지 약속하지. 네놈은 내가 펼친 살진 안에서 가장 고통스러운 방식으로 죽을 것이다."

고개를 끄덕인 정천이 담담히 말했다.

"나도 약속하지. 단 일격으로 널 죽여주겠다고."

"큭!"

주먹을 바르르 떨던 천연살이 화를 삭이고 물러났다. 살마괴는 작게 한숨을 쉬며 뒤로 빠졌다.

"후회하게 될 것이다. 이미 그분들은 태동하실 준비를 모두 마쳤다."

"그 말, 그대로 돌려주지."

살마괴는 더 말하지 않고 물러났다. 어차피 말싸움만으로는 시간만 축낼 따름이었다.

'검왕 하나만이 문제일 거라 생각했거늘.'

어디서 저런 은둔 고수가 나타났는지는 알 수 없었다. 하지만 앞으로의 일이 쉽지만은 않겠다는 것은 분명해 보였다.

'그러나 마라혈천은 승리할 것이다.'

그 사실만큼은 추호의 의심도 없는 살마괴였다.

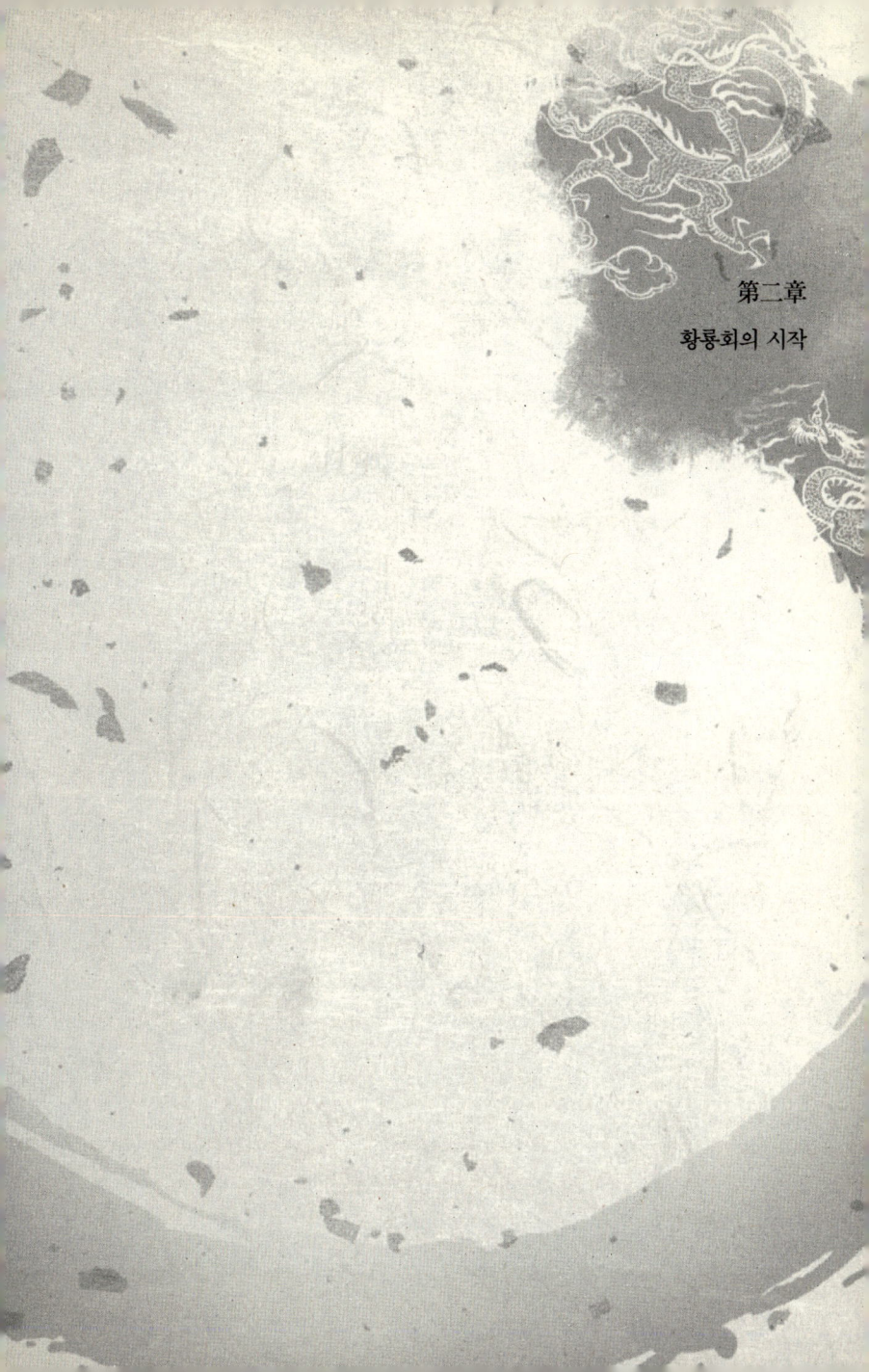

第二章

황룡회의 시작

정천은 자신의 방으로 백미련을 불렀다.

평소 그녀를 대하기가 껄끄러운 그였으나, 이번만큼은 밤을 새어 얘기를 나눠야 할 듯했다.

"저들도 마라혈천이겠지?"

"그래."

"혈선이 기른 아이들이라기에 너와 비슷한 또래일 거라 생각했는데, 개개인의 편차가 있는 모양이군."

"물론이야. 게다가 저쯤 나이를 먹은 이들이라 해도 혈선들의 기준에선 아이나 다름없지."

"저번엔 대부분 네 또래라고 했던 것 같은데."

"엄밀히 말해 그 둘은 정찰대야. 그렇기에 굳이 젊은 몸이 아니더라도 능력을 백분 발휘하는 게 가능하지. 반면 우리는 전투 및 암살을 해야 하는 입장이니, 젊고 강한 몸을 필요로 하지."

들을수록 치가 떨리는 무리다. 정천은 미심쩍은 눈으로 백미련을 보았다.

"그게 두려워 저들을 배신한 건가? 너 역시 후대에게 목숨을 내놓아야 해서?"

"내가? 후후후."

부드럽게 웃은 백미련이 고개를 저었다.

"본후의 목숨 하나 잃는 것은 두렵지 않아. 그리고 위험하기로 치면 마라혈천에 몸담고 있을 때보다도 지금이 더 심하고."

정찰대의 실력이 그 정도니 백미련의 말이 과장은 아니었다.

정천은 그녀가 얘기했던 이유를 떠올렸다.

"누군가를 만나기 위해서라고 했던가?"

"그래."

담담히 긍정하는 백미련.

"그게 누구냐고 묻는다면 대답할 건가?"

"정말 그대가 듣기를 원한다면. 지금 그대는 그 대답을 꼭 듣고 싶어?"

"그건…… 아닌 것 같군."

정천은 솔직하게 말했다. 사실 그녀의 목적이 무엇이건 간에 정천이 알 바는 아니었다.

"지난번에 말했었지. 진마동이 그들 혈선에 의해 만들어진 거라고."

"그래. 정확히는 그들에 의해 불려진 곳이라 해야겠지만."

"불려졌다는 게 무슨 의미지?"

"문자 그대로야. 소환되었다는 거지."

"소환?"

고개를 끄덕인 백미련이 말했다.

"중원의 상식으로는 이해하기 힘들 거야. 하지만 그들은 그것을 실제로 해냈어. 완전히 다른 세상에 속해 있는 공간을 이곳 중원으로 불러낸 거지."

"그게 무슨……."

정천의 눈동자가 혼란스러운 듯 흔들렸다.

사람은 누구나 상식에 구속받는 존재다. 그것은 정천이라 해도 크게 다르지 않았다.

그나마 차이가 있다면 경험일 터.

정천은 그 아비지옥의 전경을 두 눈에 담고 돌아왔다. 아니, 고작 그 정도가 아니라 실제 그 지옥 밑바닥까지를 체험하고 돌아왔다.

평범한 중원인이었다면 아예 이해하질 못했을 터.

그러나 정천은 조금씩 머릿속에서 무언가가 정리되는 것을 느낄 수 있었다.

"복잡한 건 다 떼어 내고 말하지. 결국 놈들이 나락이나 지옥, 그 비슷한 것을 이 중원에 불러냈다는 말인가?"

"비슷해."

"어째서 그따위 짓을 벌인 거지?"

"그건 혈선 본인들만이 알아. 우리들 마라혈천에게도 한 번도 얘기한 적이 없어."

"그런데도 너희는 놈들에게 충성한다는 건가?"

"그 외엔 어떤 길도 없었으니까."

백미련이 쓸쓸한 얼굴로 대꾸했다.

"전대 마라혈천은 후대에게 능력을 전수하면서 목숨을 잃게 돼. 그때 전대의 능력뿐만 아니라 기억이나 감정 등도 후대에게 전달되지."

"기억이나 감정?"

"그래. 물론 모든 것이 전달되는 건 아냐. 전해지는 건 약간의 편린뿐. 받아들이는 후대 입장에선 거의 대부분 이해할 수 없는 것들뿐이지."

단순한 이야기에도 흐름이나 맥락이 존재한다.

그중 앞뒤를 다 잘라 낸 한 부분만 떡하니 갖다 놓는다면 이해할 수 없을 터.

후대 마라혈천들이 느끼는 기분이란 상당히 당황스러운

종류일 터였다.

"하지만 그럼에도 한 가지만은 분명하게 전달돼. 오랫동안 혈선에 의해 주입되어 온 충성심."

정천은 천연살의 격한 반응을 떠올려 보았다.

"그럼 녀석이 그때 흥분한 것도……."

"그대의 살기 때문이기도 하지만, 뼛속 깊이 자리 잡은 충성심의 영향이 클 거야."

"말 그대로 수대에 걸쳐 세뇌되었다는 소리군."

"그래."

"하지만 너는 놈들과는 다른 것 같은데?"

"아마 내가 다른 아이들보다 늦게 거두어졌기 때문일 거야."

정천은 왜 그녀에게서 화산검의 향기가 진하게 났었는지 알 것 같았다.

백미련의 구절검 자체는 화산검과 별다른 접점이 있을 수가 없는 검법이다. 기본적인 부분에서 많은 차이가 있기 때문이다.

그럼에도 그녀의 검에선 매화향이 났다. 자잘한 초식 사이사이에서 화산검의 자취가 느껴졌다.

그녀가 마라혈천이 되기 전에 화산검을 익혔었기 때문일 것이다.

"나이가 어느 정도 있을 때 그들에게 끌려갔다는 것이군."

"그래. 보통은 자아가 완전히 확립되기 전에 혈선들에게 보내지지."

"그래서 자신을 버린 아버지를 원망했던 건가?"

백미련의 표정이 순간 얼음장처럼 차가워졌다.

"아버지? 그는 그런 이름으로 불릴 자격도 없어."

"……"

"한때 나와 어머니를 버렸던 남자야. 버려진 우리에겐 아무것도 주어지지 않았어."

한 단어가 정천의 뇌리를 스쳤다.

'사생아.'

"어머니는 외롭게 세상과 싸워 나가셨어. 동냥을 하거나 때로는 몸을 팔아 가며 나를 키우셨어."

그 순간 백미련은 구검절후가 아니라 한 명의 어린아이였다. 어머니를 그리워하고 아버지를 원망하는.

"그러던 어느 날 그가 나타났지. 그리고 어머니에게서 나를 빼앗아 갔어."

"빼앗아 갔다고?"

"나에 대한 풍문이 돌았던 모양이야. 대화산파의 인물이 사생아를 버렸다는 얘기가 맴도니 울며 겨자 먹기로 날 거 둔 거지."

백운신은 체면을 중시하고 평판에 예민한 인물이었다. 자신에 대한 이야기가 나도는 것을 가만히 볼 수 없었을 터.

"그랬던 인간이…… 나를 다시 혈선들에게 팔아 버렸어. 한 번도 그자를 좋아해 본 적이 없었지만……."

백미련의 고개가 떨어졌다. 정천은 그녀의 어깨를 살짝 짚어 주었다.

다시 고개를 든 백미련의 얼굴은 가면처럼 딱딱했다.

"그래서 본후는 그를 죽였어. 본후를 비난하고 싶다면 마음대로 해."

물론 정천으로선 그럴 생각이 없었다. 그런다고 죽은 백운신이 돌아오는 것도 아니었고.

"다른 질문을 하지."

정천이 화제를 돌렸다.

"혈선들은 그간 묵묵히 천무맹을 배후에서 조종해 왔어. 그러는 동안 수많은 반발도 있었겠고, 어찌 보면 지금과 같은 일도 여러 번 있었을 거야."

"그랬었지."

"그런데 그때에도 철저히 자신들을 숨기던 그들이 왜 지금은 모습을 드러내려 하는 거지?"

간단히 생각할 수도 있는 의문이다. 지금만큼의 거센 공격을 받은 적이 없었으리라 생각하면 그만이다.

하지만 왠지 그것뿐일 것 같지는 않았다.

때가 되었다. 그것이 마라혈천들이 공통되게 말해 오던 것이었기에.

백미련의 대답도 크게 다르진 않았다.

"때가 되었으니까."

"어떠한 때가 되었다는 거지?"

"그건 본후도 몰라. 그저 혈선들이 그렇게 말했기에 그렇구나 할 뿐이지."

"마라혈천들은 전혀 모른다는 건가?"

"대부분은 그래. 혈천오강이라면 알지도 모르겠지만."

"혈천오강? 그게 뭐지?"

"마라혈천 내에서도 가장 강한 다섯 사람."

"너와 비교한다면 어느 정도 실력이지?"

잠시 머릿속으로 가늠해 보던 백미련이 대답했다.

"서로 전력을 다한다면 본후가 오십초까진 버틸 수 있을 거야."

"……강하군."

백미련은 문자 그대로 극강의 고수다. 외팔이가 되어 더욱 강해진 장유추조차 온전한 상태의 그녀를 상대한다면 아슬아슬하게 밀릴 것이다.

그런 그녀가 오십초를 겨우 버틸 수 있는 이들.

그쯤 되는 강자 다섯이라면 대문파 하나쯤은 사흘 안에 멸문시킬 수 있으리라.

"정말 산 넘어 산이군."

농담조로 중얼거리는 정천. 그 모습에 백미련은 살며시

미소를 지었다.

"그런데도 크게 두려워하진 않는구나."

"뭐, 어느 정도는 예상했으니까. 도리어 이쯤 되어 주지 않으면 내 쪽이 곤란하지."

홀가분하게 대답한 정천이 손을 저었다.

"어쨌든 나가 보도록 해. 여기서 더 물어봐야 뭔가를 기대하긴 힘들겠군."

"그러지."

역시나 홀가분하게 일어선 백미련이 방문으로 향했다. 그러나 그녀는 문지방을 곧장 건너지 않았다.

"……한 가지."

"응?"

"혈선들이 말했던 게 있어."

정천의 눈빛이 착 가라앉았다.

"그게 뭐지?"

"진마동은 실패작이었다."

"실패작이라고?"

"그래. 십 년 전의 그들은 무언가 일을 꾸몄었고, 그 실패의 결과가 진마동이었어. 그리고 이번엔 반드시 성공하리라는 의지를 갖고 있고."

그 말을 끝으로 백미련이 방을 나갔다.

정천은 그녀가 사라진 뒤에도 한참 동안을 생각에 잠겨

야 했다.

'놈들은 대체 무엇을 시도하려는 거지?'

◈

아침이 밝았다. 황룡회의 날이었다.

화연란은 아침 일찍 덥힌 물을 대야에 담아 정천의 방으로 향했다.

"오라버니?"

인기척은 없었다. 정천쯤 된다면 기척을 죽이는 것도 일은 아닐 테지만…….

"그는 지금 방에 없어."

백미련의 목소리였다.

항상 예기치 못한 때에 나타나는 그녀였다. 처음엔 그 때문에 깜짝깜짝 놀랐던 화연란이지만 지금은 많이 익숙해져 있었다.

"그럼 지금 어디 계시죠?"

"아까 보니 연공실로 향하더군."

"그렇군요. 알려 주셔서 고마워요, 언니."

백미련은 어색하게 웃었다. 언니라는 호칭은 몇 번을 들어도 익숙해지기가 쉽지 않았다.

화연란은 대야를 들고 연공실로 향하려 했다. 그런 그녀를 백미련이 다시 말렸다.

"관둬. 지금은 혼자 있고 싶어 할 거야."

"아, 그런가요?"

"그쯤 되는 사내도 상당히 긴장이 되는 모양이더군."

화연란의 얼굴에도 숨기고 있던 걱정이 드러났다.

"지금이라도 말려야 하지 않을까 싶어요."

"글쎄. 그가 맹주가 될 가능성은 충분하다고 보는데. 운이 따르질 않아 맹주가 되지 못하더라도 큰 자리를 얻게 되는 건 당연할 테고."

"오라버니는 어딘가에 얽매이는 걸 좋아하시지 않는걸요."

"하지만 앞으로는 혼자만으로는 어찌할 수 없는 영역이야."

화연란은 백미련을 똑바로 쳐다봤다.

가끔 보면 그녀가 자신보다도 정천에 대해 더 알고 있는 게 아닐까 싶었다.

"우리는 오라버니의 짐이 될 수 있겠죠?"

"아마도."

"그렇다면 도움이 될 길은 없는 건가요?"

"그건 나도 잘 모르겠어. 하지만 한 가지는 확실하게 알고 있어."

"그게 뭐죠?"

백미련은 부드럽게 웃으며 말을 이었다.

"정말 감당할 수 없는 짐이라면 그가 예전에 벌써 버리고 떠났으리라는 것. 그리고…… 너희는 이미 그에게 큰 도움을 주고 있다는 것."

"준비는 다 됐나?"

연공실로 들어선 장유추가 대뜸 소리쳤다. 묵상에 잠겨 있던 정천이 나직이 눈을 떴다.

"대충은요."

"밤새 한숨도 못 잔 모양이군. 자네쯤 되는 괴물도 긴장을 하나?"

"긴장해서 그런 건 아닙니다. 사실 요즘은 일각도 잠들어 있을 수가 없더군요."

"어째서?"

정천은 쓴웃음을 지었다.

"동료들이 자주 꿈속에 나타납니다."

장유추는 입을 다물었다. 이따금 정천의 등 뒤에서 느껴지던 이유 모를 귀기의 실체를 알 것도 같았다.

'동료들의 망령, 혹은 홀로 살아남은 자의 죄책감인가.'

동료들이 죽은 것은 정천의 잘못이 아니다. 그러나 그들의 죽음이 있었기에 정천이 살아 돌아올 수 있었던 것은 사실.

정천은 이백 인의 목숨을 버팀목 삼아 살아남았다. 그렇기에 살아남은 자로서의 책무가 있었다.

그러한 부담감은 조금씩 마음속에서 부피를 불리고 있을 터.

평소의 촐랑거리는 행동은 모두 그러한 부담을 숨기기 위한 것이리라.

정천이 짐밖에 되지 않는 화류문을 떠나지 않는 것도 이와 관련됐을 것이다.

지켜야 할 곳이 있다는 것, 가족이 있다는 건 그만큼 큰 버팀목이 되어 줄 테니까.

"자네도 참 피곤하게 사는군."

"뭐, 그렇죠."

장유추의 말에 정천은 선선히 고개를 끄덕였다. 피식 웃은 장유추가 그의 어깨에 손을 얹었다.

"가세. 검왕 그 인간의 콧대를 꺾고 이참에 맹주 노릇이나 해 보라고."

◈

태극단.

천무맹의 운명을 결정짓게 될 장소.

잠시 후 황룡회가 벌어지게 될 드넓은 광장은 의외로 한

산했다. 집행부 무인들에 의해 진입이 통제되고 있었던 것이다.

이곳에 들어설 자격을 지닌 이는 극히 극소수뿐.

황룡회 참가자 및 그 지인들, 각 문파와 가문의 문주, 가주급 인물들이 전부였다.

"요란하지 않아서 좋군."

태극단으로 들어서며 정천이 중얼거렸다. 바로 그 옆에서 칠삼이 당부했다.

"못하겠다 싶으면 재빨리 포기하게. 포기할 줄 아는 것도 용기일세."

"그럴 생각이야."

정천은 화륜문 식구 모두를 데려온 상태였다. 괜히 장원에 남겨 뒀다가는 습격당할 수도 있었기 때문이다.

백미련의 존재가 걸리긴 했으나, 다행히 집행부 측에선 그녀에 대해 모르는 듯했다. 화산파 역시 잘 모르는 눈치였고.

태극단엔 이미 상당수의 무인들이 모여 있었다.

하나같이 범상치 않은 기세를 뿜내는 이들. 대강 장유추와 필적할 법한 인물만 스무 명이 넘어 보였다.

그중에서도 정천의 눈길을 끄는 사람은 단연 다섯 명. 정천이라 해도 확실히 긴장해야 할 상대들이었다.

우선은 풍신창왕 윤하월이 있었다.

"······."

"······."

두 사람의 시선이 허공에서 부딪쳤다. 이윽고 윤하월의
입가가 기다란 호선을 그렸다.

이윽고 정천의 머릿속으로 파고드는 전음.

─죽을 준비는 하고 왔나?

─미안하지만 그런 준비는 지금껏 한 번도 해 본 적이
없수다.

─지금부터라도 해야 할걸. 본좌의 청룡창은 적당이란
것을 모르니까.

─그 말, 그대로 돌려 드리지.

─흥.

코웃음을 친 윤하월이 고개를 돌렸다. 정천은 나머지 네
사람을 살펴봤다.

한 사람은 그 풍채부터가 좌중을 압도했다.

마치 녹림채의 채주를 연상케 하는 쭈뼛쭈뼛한 수염과
장정 두 사람이 손을 뻗어도 전부 두르지 못할 것 같은 엄
청난 뱃살.

얼핏 보면 체구만 큰 살덩이 같지만 숨기고 있는 실력은
윤하월에 필적할 정도였다.

"저지는 누굽니까?"

정천이 묻자 장유추가 대답했다.

"섬서일권(陝西一拳) 현상성일세. 권법에 있어선 독보적인 존재라 할 수 있지."

"힘을 중시한 권객입니까?"

"고작 그 정도일 것 같은가?"

정천은 고개를 저었다. 외관처럼 단순히 힘만 센 정도라면 일권(一拳)의 칭호를 얻지 못했으리라.

"그럼 저자는요?"

다음으로 정천이 가리킨 사람은 표독스러운 인상의 사내였다.

어지간한 언월도보다도 아득히 구부러진 기이한 검을 두 자루씩이나 들고 있었는데, 거기에 외모까지 이국적이어서 기이한 분위기를 자아냈다.

"열사도객(熱蛇刀客) 마태륜이군. 저자 역시 조심하는 게 좋아. 무기만 봐도 알겠지만 상당히 변칙적인 도법을 사용한다네."

"중원의 도법 같지는 않군요."

"음. 서방의 도법이라는데, 하여간 상대하기가 정말 껄끄럽더군."

"붙어 본 적이 있습니까?"

"딱 한 번. 솔직히 두 번 붙고 싶지는 않아."

호승심 강한 장유추가 저리 말할 정도. 그것만으로도 마태륜의 강함이 대강은 짐작이 됐다.

그때 마태륜이 장유추 쪽으로 시선을 보냈다. 이윽고 그는 옷깃을 접어 왼팔을 내 보였다.

길쭉하게 이어져 있는 흉터.

쓴웃음을 지은 장유추 역시 오른팔을 내보였다. 뱀이 지나간 듯 구불구불한 형태의 흉터가 자리를 잡고 있었다.

두 사람은 동시에 시선을 치웠다.

"좋지 않군. 아무래도 예전의 빚을 아직 잊지 않고 있는 모양이야."

"괜찮으시겠습니까?"

"여기까지 온 이상 꼬리를 말고 도망칠 수도 없잖나. 차라리 잘됐다 싶군."

고개를 끄덕인 정천이 다른 쪽으로 눈짓을 했다.

"저자에 대해서도 알고 계십니까?"

이번에 가리킨 사람은 부드러운 인상의 여인이었다.

하지만 장유추의 반응은 지금까지 중에서도 가장 격했다.

"젠장! 저 여자까지 나타났단 말인가?"

"아는 사람인가 보군요."

"궁후(弓后) 요태희일세. 검왕과 마찬가지로 유일하게 궁후의 이름을 허락받은 사람이지."

그 말만으로도 충분히 설명이 되는 듯싶었다.

실제로 여인은 등에다 상아로 만들어진 거대한 활을 매고 있었다.

"쥐 죽은 듯 은거하고 있던 인간이 아랑궁(牙狼弓)까지 챙겨 들고 나왔군. 오늘이 확실히 날은 날인 모양이구먼."

가슴이 진정되지 않는 듯 심호흡을 크게 하는 장유추였다. 정천 역시 그 정도는 아니더라도 상당히 긴장되는 것을 느꼈다.

'그리고……'

정천의 시선이 마지막으로 한곳을 향했다.

검왕 유극태가 한 치 흔들림 없는 눈으로 그를 바라보고 있었다.

—잘 지냈나?

—그럭저럭 지냈습니다. 검왕께서는?

—본좌도 그렇다네.

검왕이 돌연 미소를 지었다.

—본좌는 맹주가 될 것일세.

—고생 좀 시켜 드리죠.

그 순간 검왕으로부터 희미한 기의 파동이 흘러나왔다. 제삼자는 주의를 기울여도 쉽게 알 수 없을 정도로 희미한 파동이었다.

그러나 희미한 대신 날카로웠다. 찔리게 되면 심장이 덜컥할 정도로.

정천 역시 일말의 기운을 쏘아 보냈다. 검왕의 파동과는 다른 일직선의 화살이었다.

파앙!

두 기운은 정확히 두 사람의 중앙에서 충돌하여 상쇄됐다. 다른 이들은 느끼지 못할 찰나의 대결이었다.

아니, 정확히는 극소수만이 느낄 수 있었다.

"자네……!"

정천의 바로 옆에 있던 장유추와 백미련은 물론, 앞서 정천이 살펴봤던 네 사람이 그러했다. 그 외에도 몇몇이 더 있는 것 같았다.

"후후."

조용히 웃은 검왕이 걸음을 떼어 멀어졌다. 그와 동시에 초고수들의 시선이 정천에게로 꽂혀 들었다.

"시작부터 너무 눈에 띄는군, 자네."

장유추의 말에 정천은 쓴웃음을 지었다.

그러는 동안 군사 제갈현이 단상 위로 올라섰다. 좌중의 시선이 그에게로 몰렸다.

무인들을 슥 훑어본 제갈현이 운을 뗐다.

"황룡회에 들어가기에 앞서 전하고 싶은 말이 있소. 전대 맹주께서 기나긴 혼수상태에서 깨어나셨다는 사실이오."

좌중이 술렁이기 시작했다. 맹주가 깨어난 이상은 황룡회의 정당성이 깨어질 수도 있는 것이다.

그러나 그중 영리한 이들은 제갈현이 '전대'라고 표현했음을 놓치지 않았다.

"그와 별개로 황룡회는 속개될 것이오. 이후의 말씀은 전대 맹주께서 이어 하실 것이오."

과연 남궁운이 제갈현의 옆으로 올라섰다. 길었던 혼수 상태 때문인지 몸이 상당히 야윈 모습이었다.

그러나 좌중을 바라보는 눈빛만은 여전히 맑았다.

"근래 연이어진 습격을 통해 본인은 스스로에게 부족함 이 많았음을 깨달았소. 또한 자신도 모르는 새에 상당히 느 슨해져 있었다는 것 역시."

그의 시선이 정천에게로 잠시 향했다.

"맹주의 자리는 한순간도 흔들려서는 안 되오. 그것은 여러분이 그 누구보다 잘 알 것이오. 하여, 본인은 지금 이 곳에서 공식적으로 맹주직을 반납하는 바요. 다음 맹주는 오늘 이 황룡회에서 탄생할 것이오."

소리 없는 떨림이 좌중을 훑었다.

누군가는 자신에게 올 수도 있는 기회에 흥분했고, 누군 가는 마치 남의 일인 양 초연했다.

남궁운의 시선이 검왕에게로 향했다.

"결전의 방식은 검왕께서 설명하실 거요."

남궁운의 소개를 받은 검왕이 단상에 올라갔다.

그는 남궁운과는 다른 시선으로 좌중을 훑었다. 남궁운 의 그것이 맑되 부드러웠다면, 검왕의 시선은 맑으면서도 강맹했다.

실로 상대방의 호승심을 자극하는 시선.

어쩌면 천무맹주보다도 천마에게나 어울리지 않을까 싶은 눈빛이었다.

"쓸데없는 허례허식은 필요 없겠지. 간단히만 설명하겠소."

무뚝뚝하게 운을 뗀 검왕이 말을 이었다.

"황룡회 참가를 신청한 이는 총 삼백여 명에 이르오. 그러나 그중 실력이 부족하다 여겨지는 이들은 본인이 임의로 누락시켰소."

"……!"

좌중이 크게 웅성거리기 시작했다. 전혀 예기치 못한 말이었기 때문이다.

좌르륵!

검왕이 자그마한 두루마리를 펼쳐 보였다.

"여기에 참가 자격을 지닌 이들의 명단이 있소. 총 오십 인에게 자격이 주어졌소. 명단에 이름이 오르지 않은 이들은 탈락됐다고 생각하시오. 다만 이곳에 남아 황룡회를 견식할 기회는 주겠소."

참가자들이 너도 나도 안력을 돋워 명단을 읽었다. 이윽고 불만에 찬 목소리가 곳곳에서 터져 나왔다.

"왜 본좌가 탈락했단 말인가! 인정할 수 없다!"

"이건 음모다!"

"처음부터 이럴 속셈이었나!"

불만은 기름 위에 떨어진 불꽃처럼 삽시간에 타오르기 시작했다. 자칫하다간 황룡회를 시작하기도 전에 폭동이 일어날 판이었다.

그때 검왕이 나직하게 입을 열었다.

"불만이라면 당장 이리 올라와 본좌에게 도전하라. 이백오십 명 모두가 덤벼도 좋다."

뚝.

광기처럼 끓어오르던 목소리가 한순간에 멎었다.

검왕이 알게 모르게 쏘아 보낸 살기가 좌중을 짓눌렀던 것이다.

"시간이 부족하니 이백오십 인 모두가 한꺼번에 덤볐으면 좋겠군. 암습도 좋고 합공도 좋다. 불만이 있다면 어서 덤비도록."

"……."

"아니면 본좌 쪽에서 먼저 가 줘야 하는가?"

수백 명이 한 사람에게 압도되는 순간이었다. 평소 검왕을 싫어하는 이들조차도 그를 인정할 수밖에 없게 만드는 모습이었다.

"재미있군요."

궁후 요태희가 한걸음에 단상 위로 올랐다. 지켜보는 이들이 넋이 나갈 만큼 우아한 경공술이었다.

"검왕께서 혼자 재미를 보게 둘 수는 없지요. 불만이 있다면 검왕 대신 저에게 덤비셔도 좋습니다."

"흥! 두 사람만 이 자리의 주인공이 될 셈이오?"

풍신창왕 윤하월이 세 번째로 단상에 올랐다. 이윽고 명단에 오른 이들이 하나둘 단상 위로 올라갔다.

들끓던 불만은 삽시간에 가라앉았다. 사실 명단에 적힌 이들은 누구도 이의를 제기할 수 없는 강자들뿐이었던 것이다.

"당신은 올라가지 않아?"

백미련의 웃음 섞인 목소리에 정천은 고개를 저었다.

"구경거리가 되어서 좋을 게 뭐가 있겠어?"

옆에 있던 장유추가 움찔했다. 사실 그도 단상에 오를까 고민하던 차였다.

좌중이 조용해지자 검왕이 다시 입을 열었다.

"명단에 오른 이들은 모두 단상으로 올라오시오."

"쳇."

혀를 찬 정천이 걸음을 뗐다.

오십 인 모두가 올라왔음에도 단상 위는 허전한 느낌이었다. 말이 좋아 단상이지, 실제로는 거대한 규모의 비무대였던 것이다.

"지금부터 황룡회를 시작하겠소."

호화로운 행사도, 웅장한 제악(祭樂)도 없었다. 그럼에도 황룡회의 분위기는 엄숙하고 웅대했다.

"방식은 간단하오."

검왕이 눈짓을 하자 남궁운과 제갈현이 비무대 아래로
내려갔다.

"마지막까지 이 단상에 남아 있는 한 사람. 그가 바로
천무맹주가 될 것이오."

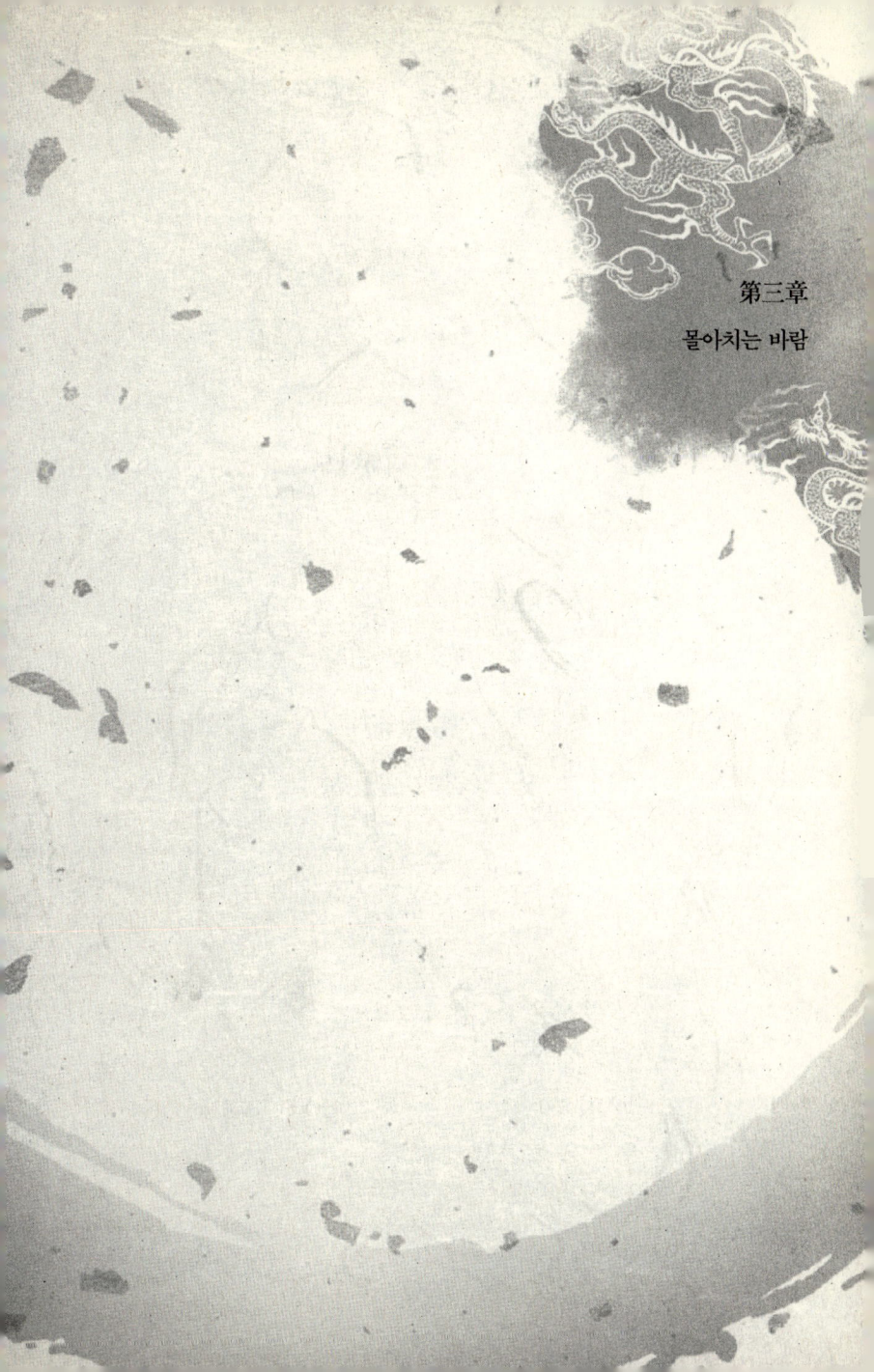

第三章

몰아치는 바람

묵직한 충격이 참가자들을 휩쓸었다.

평범한 비무회가 아니리라고는 생각했다. 그러나 기본적
으로는 일대일의 대결이 될 거라는 게 그들의 생각이었다.

그러나 검왕이 말한 방식은 그런 점잖은 것이 아니었다.

주변의 모두가 적. 협공에 당할 수도 있고 암습에 쓰러질
수도 있다. 이건 비무가 아니라 차라리 전쟁에 가까웠다.

"그렇다면 그 말은 곧……."

질문을 꺼낸 이는 장유추였다.

"연합도 가능하다는 말씀이신가?"

"그렇소."

검왕은 선선히 고개를 끄덕였다.

"물론 최후에는 결국 결착을 내야 하겠지."

"으음."

장유추가 침음했다. 다른 이들의 생각 역시 별반 다르진 않았다.

그러나 불만을 제기하기도 애매했다.

이런 방식이라면 필시 가장 강한 이들이 첫 번째 목표가 될 터. 그렇다면 가장 불리한 사람은 누가 뭐래도 검왕이었다.

"혹시 수하들을 참가시킨 것은 아니오? 그들이 당신과 연합한 후 적수들을 모두 탈락시키면 맹주직은 고스란히 그대의 것이 될 것 아니오?"

누군가의 물음에 검왕이 피식 웃었다.

"그렇다면 살펴보시오. 주변에 과연 본좌의 수하가 있는지 말이오."

"몰래 매수하거나 위장시켰을 수도 있지 않소?"

"그런 일은 결단코 없었다고 천지신명께 맹세할 수 있소."

"나와 군사가 보증하리다!"

단상 아래에서 남궁운이 소리쳤다. 그까지 그렇게 말한다면 음모는 없다는 의미였다.

검왕은 중천에 뜬 해를 힐끔 살펴보고는 자신의 검을 땅에 꽂았다.

"자리를 잡고 태세를 갖출 여유를 주겠소. 정확히 태천검의 그림자가 사라질 때 황룡회를 시작하겠소."

명검칠존이자 검왕의 반려인 태천검.

그 모습을 보는 것만으로도 참가자들은 정신이 번쩍 뜨이는 걸 느꼈다.

"흥. 대략 일각쯤 남았군."

코웃음 치며 중얼거린 윤하월이 청룡창을 땅에 꽂고는 그대로 드러누웠다. 마치 나들이라도 온 것인 양 태평한 모습.

궁후 요태희 역시 다소곳이 자리에 앉았다. 차라도 한 잔 하려는 듯 태평한 모습이었다.

"우리도 쉬죠."

정천이 장유추에게 말하고는 자리에 앉았다. 장유추는 못 당하겠다는 듯 고개를 저었다.

"자네나 저 인간들이나 제정신이 아니군."

"힘을 비축하려는 겁니다. 쓸데없이 긴장하기만 하다간 싸우기도 전에 진이 빠질 테니까요."

"흠. 하기는 그도 그렇군."

장유추 역시 호방하게 자리에 앉고는 검왕에게 소리쳤다.

"뭐 좀 먹고 있어도 되겠소?"

"일각 안에 처리할 수 있다면."

씩 웃은 장유추가 단상 아래에다 소리쳤다.

"술상 하나 다리 휘도록 가져오게!"

몇몇 참가자들이 기가 질렸다는 표정을 지었다. 그 모습에 장유추가 의기양양하게 중얼거렸다.

"이쯤은 되어야지 다른 놈들의 기를 죽일 수 있지 않겠나?"

"큰 효과가 있을 것 같진 않은데요."

"그건 나도 동감이네."

실제로 참가자들은 장유추의 허풍에도 크게 질리진 않았다.

이 자리에 올라왔다는 건 검왕이 인정했다는 거나 마찬가지, 하나같이 보통이 아닌 실력자들이었던 것이다.

그때 여자애 하나가 단상 위로 쪼르르 올라왔다. 술병을 들고 오는 아이는 소윤이었다.

소윤은 곧장 장유추에게로 가서 술병을 내밀었다.

"여기요. 술상 같은 건 없으니까 이거나 드시래요."

"안주는 하나도 없는 게냐?"

"당과라도 드릴까요?"

둘의 대화에 검왕이 너털웃음을 터트렸다.

"의외의 걸물이 화륜문에 있었군."

소윤은 검왕을 힐끔 보고는 돌아 내려갔다.

장유추에겐 질리지 않았던 이들도 이번만큼은 헛웃음을 지었다.

그때 젊은 도사 하나가 정천에게 다가왔다.

"오랜만입니다, 정 대협."

"응?"

젊은 도사를 돌아본 정천이 힘겹게 그 이름을 기억해 냈
다.

"무당의 윤평, 맞나?"

"기억하고 계셨군요."

윤평이 미소를 지었다. 모용린과 더불어 용봉소회의 수
장 자리를 맡고 있던 사내가 바로 그였다.

정천은 약간 놀란 눈으로 그를 쳐다봤다.

"여기까지 왔다니, 내 생각보다도 대단한 고수였던 모양
이군."

실제로 모용린 정도는 십초 안에 거꾸러트릴 수 있는 고
수들만 모인 곳이 이 자리였다. 그런 곳에 어린 윤평이 끼
었다는 분명 대단한 일이었다.

윤평은 겸손한 얼굴로 고개를 저었다.

"문파의 위명 때문입니다. 제 본연의 실력만으론 어림도
없었겠지요."

"검왕 선배가 문파 이름에 쫄아 사람을 택할 리는 없겠
지. 네 실력에 자신을 가져도 좋을걸."

"과찬의 말씀입니다."

윤평은 정천의 몸을 한차례 훑고는 다시 입을 열었다.

"그러는 정 대협이야말로 본연의 실력을 숨기고 계셨었군요."

"그럴 만한 사정이 있었거든."

"알겠습니다. 여하간 서로 최선을 다해 봅시다."

목례를 한 윤평이 걸음을 떼어 멀어졌다. 아무래도 정천과 바로 붙기는 싫은 모양이었다.

술병 하나를 완전히 비운 장유추가 혀를 찼다.

"저 친구도 바보로군. 자네 옆에만 붙어 있다면 꽤 오래 버틸 수 있을 텐데."

"그럴 리가요. 곁에 있었다면 봐주지 않고 떨어트렸을 겁니다."

"허, 그런가?"

픽 웃던 장유추는 정천의 물끄러미 쳐다보고 있다는 것을 깨달았다.

"……설마, 노부도?"

"예."

"에이, 무슨 소리를 하는 건가. 그래도 힘을 합치는 편이 나을 텐데."

"전 전력을 다할 겁니다."

장유추가 입을 다물었다.

두렵지는 않았다. 정천과 전심전력으로 싸울 수 있다면, 비록 깨진다손 쳐도 후련할 것이었다.

그러나 지금은 아니었다.

"노부가 말했었지. 어떻게든 자네에게 힘이 되겠다고 말이야."

"그랬었죠."

"그렇기에 노부는 자네와 맞붙지 않을 걸세. 허나 그럼에도 자네가 노부와 싸우려 든다면."

장유추는 벌떡 일어났다.

"노부가 자리를 피하는 수밖에."

정천의 감사의 의미로 고개를 숙였다. 장유추는 한마디를 남기고서 걸음을 옮겼다.

"승리하게."

약간의 시간이 더 흐른 뒤, 검왕이 운을 뗐다.

"시간이 되었군."

스르릉.

바닥에 박혔던 태천검이 뽑혀 나왔다. 그 순간 비무대 위의 모두가 시작임을 실감할 수 있었다.

"지금부터 황룡회를 시작하겠소."

파바바밧!

가장 먼저 움직인 것은 윤하월과 현상성이었다. 윤하월은 청룡창을 뽑아 듦과 동시에 한 바퀴 회전하며 횡으로 길게 그었다.

"차앗!"

촤촤악!

원형으로 뿜어져 나온 창기가 사방팔방으로 뻗어 나갔다. 미처 대응 못한 몇몇이 팔다리에 상처를 입고는 밀려났다.

현상성은 앉은 자세 그대로 땅을 주먹으로 쳤다. 그와 함께 무형의 파장이 그를 중심으로 퍼졌다.

왈칵!

가까이 있던 무인들의 코와 귀로 피를 쏟았다. 원륜영파(圓輪影波)의 기세가 내부에서부터 몸을 진탕시킨 것이었다.

다른 곳에서도 벼락같은 기습들이 펼쳐졌다. 시작하자마자 참가자들이 피를 뿌리며 쓰러졌다.

"크으윽!"

"컥!"

그중 치명상을 입은 이는 두어 명. 그러나 경상에 그친 이들도 상황이 좋진 않았다.

상처 입은 짐승이야말로 먹잇감이 되기 편했으니 말이다.

과연 그들은 검왕보다도 먼저 사냥감이 되었다. 비교적 멀쩡한 이들은 누가 먼저랄 것도 없이 협공을 펼치기 시작했다.

차차차창!

"크으, 비겁한 놈들!"

"하나씩 정정당당하게 덤벼라!"

"흥! 웃기는 소리!"

"이 마당에 비겁이고 정정당당이고가 있을까 보냐!"

곳곳에서 병장기가 연신 부딪쳤다.

몰리는 자의 분통 어린 목소리와 몰아붙이는 자의 신명이 난 목소리가 어우러졌다.

"크으윽!"

"커억!"

하나둘 단상 아래로 굴러떨어지기 시작했다. 이 추세로는 한 시진이 지나기도 전에 황룡회가 끝이 날 것만 같았다.

그 와중.

검왕의 행보를 지켜본 이들은 경악할 수밖에 없었다.

"……!"

"무, 무슨 짓을?"

검왕은 비무대 끝으로 걸어가고 있었다. 그러고는 그야말로 극단, 한 걸음만 내딛어도 장외가 되어 버리는 위치에서 멈췄다.

이윽고 자리에 주저앉는 검왕.

여유가 넘치다 못해 도발에 가까운 행동이었다.

"크윽!"

"우릴 우습게 보는가!"

몇몇 무인들이 분개하고 있을 때, 부드러운 목소리가 흘러나왔다.

"과연 검왕, 재미있는 생각을 하셨군요."

궁후 요태희였다.

그녀는 검왕과 정반대에 위치한 끄트머리로 걸어갔다. 그러고는 검왕과 마찬가지로 살포시 주저앉았다.

보는 입장에선 어이가 없다 못해 웃음이 나올 지경.

그것을 본 윤하월이 이를 갈았다.

"정신 나간 늙은이들, 제 잘난 맛에 끝까지 멋을 부리고 앉았군."

그렇게 중얼거리는 와중에도 덤벼드는 무인 둘의 합공을 가벼이 막아 내는 그였다.

그걸로 끝이 아니라 반격하여 두 사람의 가슴에 기다란 창상(創傷)을 내었다.

"으윽!"

"큭!"

치명상을 입은 그들이 비틀거렸다. 이리 떼처럼 기회를 노리던 다른 무인들이 그들에게 덤벼들었다.

그사이 윤하월은 검왕을 향해 달려들고 있었다.

"받아 보시오, 유극태!"

촤아앗!

청룡창의 아가리가 짙푸른 창강이 뿜어냈다. 보는 이가

눈이 멀 정도로 시린 빛줄기가 검왕을 향하여 질풍처럼 쏘
아졌다.

검왕의 두 눈이 번뜩였다.

휘릭!

앉은 자세에서 곧바로 일어난 그가 몸을 회전시키며 태
천검을 휘둘렀다.

백색의 검강이 뿜어져 나와서는 유하월의 창강을 향해
올곧게 나아갔다.

콰앙!

두 기운이 충돌하며 엄청난 빛을 뿌렸다. 그 충돌에서 떨
어져 나온 강기들이 사방으로 쏟아졌다.

파바바밧!

"크아악!"

"으악!"

간접적으로 강기에 노출된 이들의 몸이 순식간에 붉게
물들었다.

직접 맞은 것도 아니고 떨어져 나온 기운일 뿐인데도 이
정도 위력. 과연 정파 최강의 무인들이라 할 만한 그들이었
다.

"재미있군. 나도 어우러져 볼까!"

호기롭게 외치며 끼어드는 이는 장유추였다.

애초부터 정천을 위해 싸우기로 한 그였기에, 최고 적수

라 할 수 있는 윤하월과 검왕을 노리게 된 것이다.

"울어라, 뇌도여!"

빠지지직!

강렬한 섬전이 장유추의 몸 위로 떨어졌다. 그의 절정신 공인 천뢰강림이 펼쳐진 것이다.

"대단하군."

검왕은 순수하게 감탄했다. 천뢰강림을 몸에 두른 장유추는 그조차도 긴장하게 할 정도로 강대했다.

"쳇."

윤하월 역시 쓴맛을 느끼며 청룡창을 거뒀다. 검왕이라면 모를까, 장유추는 상대하긴 까다로운데 쓰러트려 봐야 좋을 게 없는 상대였다.

"낄 데 안 낄 데 가리지 못하시는군. 선배와는 나중에 상대해 드릴 테니 물러나시오."

"그럴 수야 없지. 너를 내버려 뒀다가 좋을 게 없을 것 같거든."

싸울 수밖에 없나. 윤하월은 쓴맛을 느끼면서도 청룡창을 고쳐 쥐었다.

그러나 이내 미소를 지으며 말했다.

"후후, 안 됐구려. 아무래도 선배의 상대는 따로 있는 모양이오."

"음?"

그 순간 마태륜의 쌍도가 후방에서부터 장유추를 노리고
들어왔다. 장유추는 아슬아슬하게 몸을 굴려 쌍도를 피했
다.

"큭."

등이 살짝 긁혀 피를 쏟아 냈다.

그래도 피했기에 망정이지, 좀만 깊이 베였더라면 등뼈
가 드러났으리라.

몸을 일으킨 장유추가 으르렁거렸다.

"빌어먹을 놈. 결국은 해 보자는 것이냐?"

"……."

일언반구 대답도 없이 몰아치는 마태륜이었다. 장유추는
할 수 없이 그에 맞서 광천뇌도를 휘둘러 갔다.

궁후 요태희의 전투는 간단했다. 앉은 자세 그대로 독문
병기 아랑궁의 시위를 튕겨 줄 뿐이었다.

화살 없는 활.

그러나 그녀의 손가락이 닿는 순간, 형형색색의 개성을
지닌 화살들이 탄생하여 날아갔다.

이른바 천해랑사(天海狼射).

동쪽에서부터 전해져 왔다는 궁극의 궁술은 그녀의 반경
십 장 내로 그 누구도 접근하지 못하게 하고 있었다.

파밧! 팟!

"크으윽!"

"으음!"

기운으로 이루어진 화살에 적중당한 무인들이 침음하며 물러났다.

호신강기를 둘렀음에도 궁후의 화살은 어김없이 꿰뚫고 들어왔다.

그럼에도 그들이 죽지 않는 것은 모두 요태희의 인정 덕분. 그녀가 일부러 기운을 조절하고 있다는 것은 한 발만 맞아 봐도 알 수 있었다.

"나, 나는 포기하겠소."

"아무래도 더 싸우긴 힘들겠군."

그렇게 포기하고 내려가는 이들도 부지기수였다. 요태희는 멀어지는 그들의 뒤에 나직이 한마디를 건넬 따름이었다.

"수고하셨어요."

정천 역시 자신만의 방식으로 싸워 가고 있었다. 그 방법이란 그가 가장 좋아하는 방식이었다.

난전(亂戰).

검왕이나 윤하월처럼 화려하지도 않고, 요태희처럼 깔끔하지도 않으며 현상성이나 장유추처럼 압도적이지도 않다.

그저 주변에서 난무하는 병장기를 피할 뿐. 동시에 사거리에 들어오는 적에게 권각을 뻗을 뿐.

어찌 보면 정천이야말로 가장 힘을 아끼고 있는지도 몰

랐다.

퍼퍼퍽!

파박!

주먹질 하나, 발길질 하나가 펼쳐질 때마다 어김없이 뼈가 부러지고 살이 뭉개졌다. 죽을 정도는 아니라지만 계속 싸우긴 힘들 정도의 타격을 착실히 주고 있는 정천이었다.

그렇게 싸워 나가다 보니 결국은 윤평과 마주치게 되었다.

윤평은 나직이 심호흡을 하고는 말했다.

"결국 이렇게 되는군요."

"모인 사람이라 해 봐야 겨우 오십 명이니, 언젠가는 붙을 수밖에 없지."

"그렇겠지요."

검을 뽑아 든 윤평이 자세를 낮췄다.

"잘 부탁드립니다."

"싸울 땐 일일이 예의 챙기지 마."

정천의 몸이 화살처럼 쏘아졌다. 그 선봉에는 권기가 둘러진 주먹이 자리하고 있었다.

"흡!"

기합을 뱉으며 윤평이 찌르기를 시도했다. 그의 나이에 비해 놀라울 정도로 빠르고 날카로운 공격이었다.

쉬릭!

정천의 몸이 아래로 미끄러졌다. 그의 주먹이 아슬아슬하게 윤평의 칼날을 피해 지나갔다.

퍼억!

복부를 직격당한 윤평의 몸이 기역 자로 꺾였다.

"끄윽……!"

윤평은 거품을 문 채 그대로 혼절했다. 정천은 피식 웃고는 그의 몸을 비무대 밖으로 던졌다.

"꽤 훌륭했어. 상대가 안 좋았을 뿐."

결국 이각이 채 지나기 전에 비무대 위가 깨끗해지고 말았다.

남은 사람은 스무 명 남짓. 그중 치명상을 입은 이들 역시 상당수였다.

"흥. 강단이 있는 것들은 겨우 이 정도로군."

윤하월의 한마디였다.

그는 그때까지도 검왕을 상대하고 있었다.

물론 서로가 전력을 다하지 않은 싸움이었다. 힘을 아끼며 싸우는 탐색전인지라 두 사람 모두 상처 하나 없었다.

"잠깐 좀 쉽시다."

윤하월의 말에 검왕이 피식 웃었다.

"벌써 지쳤는가?"

"그럴 리가 있겠소? 총력전은 잔챙이들부터 걸러 낸 다음 하자는 겁니다."

청룡창을 거둔 윤하월이 비무대 중앙으로 향했다. 뻔뻔스러울 정도로 당당이 등을 드러낸 채.

일순 기습할까 하던 검왕이 고개를 저었다

'저렇게까지 뻔뻔해서야 존중해 줄 수밖에 없잖나.'

안하무인이고 자존심 강하고 성격도 더러운 윤하월이지만, 그 자부심 하나만큼은 검왕의 마음에 쏙 들었다.

비무대 중앙에 선 윤하월이 주변을 둘러봤다.

장유추는 온몸에 검상을 입은 상태였다. 울룩불룩한 그의 거체 위로 뱀들이 기어 다닌 듯한 상처가 곳곳에 나 있었다.

그의 상대인 마태륜은 비교적 멀쩡한 모습.

그러나 몸이 가늘게 떨리고 있는 것만은 어쩌지 못했다. 천뢰강림의 뇌기가 뼛속까지 스며든 까닭이다.

'흥. 저것들은 곧 양패구상하겠군.'

이윽고 그가 바라본 이는 궁후 요태희였다.

위명에 걸맞게 상처 하나 입지 않고 느긋하게 앉아 있는 모습. 지켜보는 윤하월이 치가 떨릴 정도였다.

'어쩌면 검왕 이상으로 까다로운 상대일지도.'

다음은 현상성이었다.

장유추를 아득히 넘어서는 거구답게, 그 역시 수많은 무인들의 목표물이 되었다.

장유추만큼은 아니더라도 몸 곳곳에 상처를 입은 모습이었다. 그중 어느 것도 치명상은 아니었지만.

'끈질긴 녀석. 저놈도 처리하려면 상당히 까다로울 테지.'

정말 상대하기 싫은 놈들만 남았다. 하기야 그 자체가 저들의 강함을 입증하는 것이리라.

그래도 느긋하게 주변을 살피던 윤하월의 얼굴이 팍 구겨졌다.

"네놈……."

정천이 비무대 한곳에 느긋하게 서 있었다. 피로 범벅이 된 채.

윤하월은 이내 그게 모두 적들의 피라는 것을 깨달았다. 정천 역시 별다른 타격을 입지 않은 것이다.

"송사리들만 상대하고 있었나 보구나."

정천이 피식 웃었다.

"누가 상대든 이기기만 하면 그만이니까."

"흥. 구질구질하게 잔머리를 굴리는군."

"누구처럼 잘난 척하다가 진을 빼는 것보단 나으니까 말요."

그게 누구를 가리키는 건지는 안 봐도 뻔한 일. 윤하월이 뿌드득 이를 갈았다.

"재잘재잘 떠드는 것도 이것으로 끝이다! 네놈은 지금 본좌가 끝장을 내 줄 테니 말이다!"

"괜찮겠소? 설렁설렁 싸웠다지만 검왕 선배를 상대하느라 힘이 좀 들었을 텐데."

"걱정할 것 없다! 그 정도 손해쯤 감수하더라도 네놈을 상대하는 데엔 문제가 없으니까."

"그래 보이는군."

순순히 동의한 정천이 고개를 돌렸다.

"하지만 내가 납득할 수 없거든."

"뭐야?"

정천의 신형이 사라졌다.

그 순간 윤하월뿐 아니라 잠시 숨을 돌리며 두 사람을 지켜보던 이들 역시 경악했다. 짧은 순간 정천이 그들의 안력마저 따돌리고서 움직인 것이다.

실로 섬전 같은 속도!

정천은 다음 순간 현상성의 앞에 나타났다.

"한번 붙어 봅시다."

"뭣……?"

대답 대신 정천의 일권이 펼쳐졌다. 땅을 깊게 밟으며 내지르는 혈권절도세(血拳絶道勢)의 수식!

현상성은 그 커다란 몸을 뒤로 물렸다. 육체의 내구력만 믿고서 어쭙잖게 받아넘길 공격이 아니었다.

　일격은 아슬아슬하게 빗나갔다. 그러나 곧장 이어지는 이, 삼격.

　현상성의 몸 곳곳에서 격타음이 터져 나왔다.

　퍼퍼펑! 퍼펑!

　"크읏!"

　육중한 거구가 비틀거렸다. 상당히 체력이 빠져 있다고 는 해도, 섬서일권으로 불리는 그가 속절없이 당하고만 있 었다.

　"이익, 건방진!"

　내내 격타당하던 현상성이 내력을 끌어올렸다. 그의 장 기인 원륜영파를 펼치려는 것이었다.

　"받아랏!"

　현상성의 두 주먹이 허공을 격타했다. 그 순간 그의 주변 이 아지랑이처럼 일그러졌다.

　원륜영파의 궁극식이 펼쳐진 것이었다.

　기본식은 땅이나 바닥 같은 매개체를 통해 내파를 쏘아 보내는 것. 그 궁극식은 공기를 통해 내파를 뿜어내는 것이 었다.

　일종의 파장, 즉 떨림이기에 단순한 호신강기로는 보호 가 불가능하다.

게다가 그 위력은 단련할 수 없는 내장과 안구 등을 모조리 파괴해 버리는 살권의 극치!

방어법은 없다. 파장이 비교적 약해지는 먼 곳으로 피하는 게 최선.

실제로 모두들 현상성보다 조금이나마 멀리 떨어지려 하고 있었다. 내내 여유롭던 검왕이나 궁후 역시 마찬가지였다.

'그렇다면 녀석은?'

정천의 반응을 살피던 현상성이 눈을 부릅떴다. 그것은 윤하월도 마찬가지였다.

"저런 미친놈!"

정천은 도리어 원륜영파의 정면으로 뛰어들었다. 잠시 후 체내가 진탕이 되어 검붉은 피를 쏟아 내게 될 터.

그때 정천의 몸 주변도 아지랑이처럼 일그러졌다. 그 순간 그의 오른팔에서 흑색 기운이 뿜어져 나온 것은 검왕만이 알아볼 수 있었다.

"뭣……!"

현상성이 기겁하는 순간, 정천의 신형이 화살처럼 날아와 복부에 꽂혔다.

"크으으윽……!"

비대한 그의 거구가 이내 고꾸라졌다. 코와 귀를 피를 쏟아 내게 된 것은 오히려 그였다.

"놈이 대체 무슨 짓을 한 거지?"

윤하월의 의문을 검왕이 풀어 주었다.

"압도적인 힘으로 파형 자체를 깨트려 버렸네."

"그런 게…… 가능하단 말이오?"

단순한 힘의 문제가 아니다. 윤하월 본인이 전력을 다한 창강을 발출한대도 가능할지 의문이었다.

그것은 검왕 역시 마찬가지.

"아무래도 저 친구에겐 비장의 절기가 있는 모양이군. 그것도 무공과는 궤를 달리하는 무언가가 말이야."

"무공과는 궤를 달리한다?"

"그렇다고밖엔 볼 수가 없군."

검왕이 그렇게 중얼거리고 있을 때, 현상성을 장외로 내던진 정천이 입을 열었다.

"하나."

스륵!

그의 모습이 다시금 사라졌다. 이번엔 부상당해 주저앉아 있는 어느 검객의 앞이었다.

"어, 어엇!"

대처하기도 전에 검객의 몸이 허공을 날았다.

그가 장외로 떨어진 순간 정천이 중얼거렸다.

"둘."

또다시 사라지는 신형. 격타당해 쓰러지거나 손도 못 쓰고 내던져지는 무인들.

"셋, 넷, 다섯."

잠시 후 비무대 위에 남은 것은 정천과 검왕, 윤하월과 요태희, 장유추와 마태륜뿐이었다.

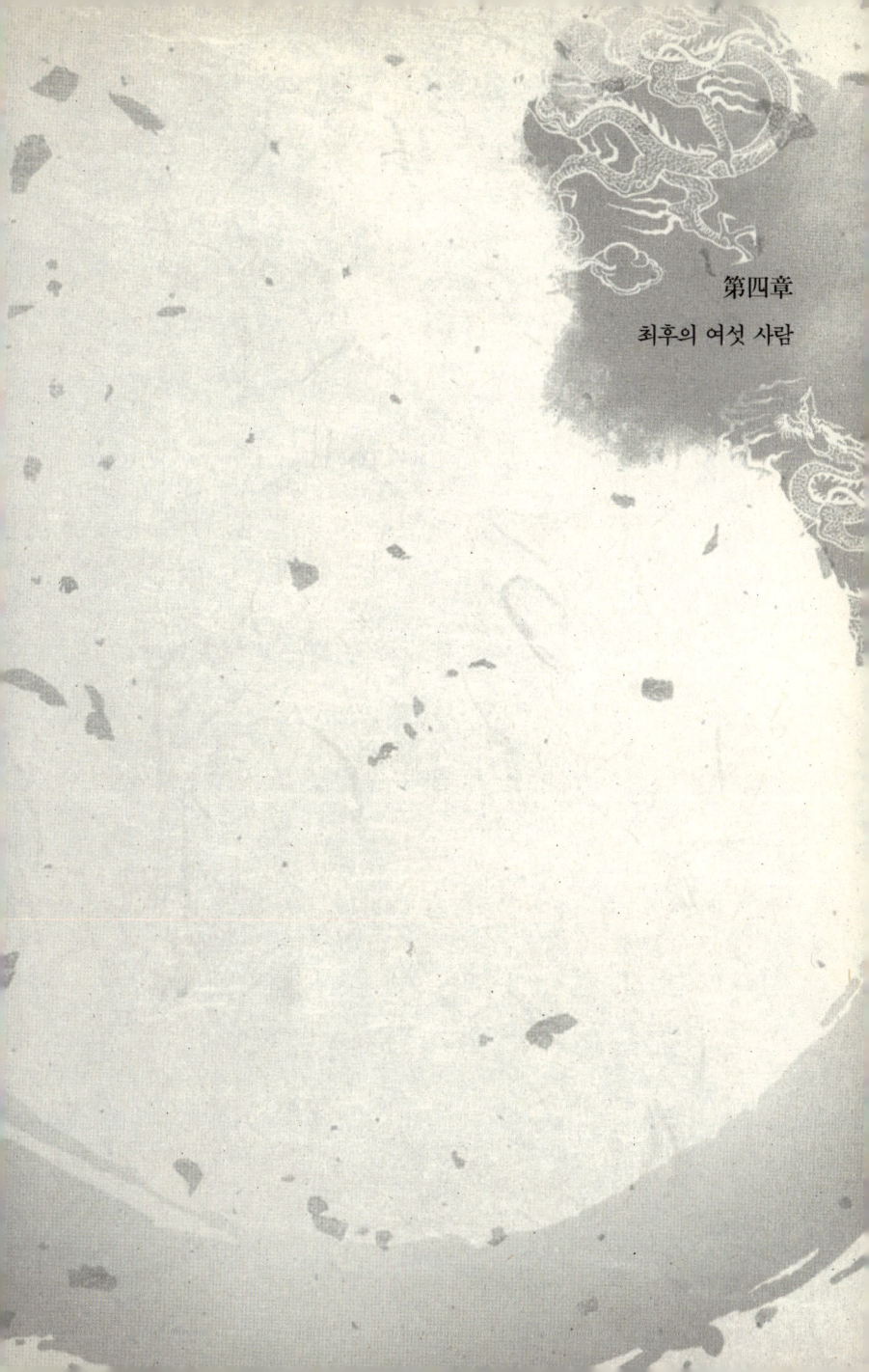

第四章

최후의 여섯 사람

"네놈……."

뿌드득 이를 가는 윤하월에게로 돌아선 정천이 느긋하게
말했다.

"이제 얼추 비슷하겠군."

윤하월은 솟아오르는 불쾌감 속에서 인정했다. 녀석이
자신이 생각했던 것 이상으로 강하다는 것을.

그러나 그렇다고 자신이 패배할 거라고는 결코 생각하지
않았다.

놈의 무위가 상당하긴 했지만, 자신 역시 그쯤은 할 수
있었다.

현상성의 궁극식 원륜영파에 정면으로 맞서진 않았겠지

만, 그것을 피하는 것쯤은 충분히 할 수 있었다. 나머지 놈들을 상대하는 것 역시 마찬가지였다.

어차피 결국은 붙는 게 정답. 차라리 이렇게 되니 간단해서 좋았다.

"좋다. 유극태에 앞서 네놈 먼저 끝내 주지!"

"뭐, 그러는 것은 댁의 자유인데 말이야."

정천이 웃는 낯으로 지적했다.

"이 마당에 정정당당히 싸우게 저들이 둘 것 같나?"

"……."

윤하월은 입술을 깨물었다.

남은 사람은 모두 여섯. 그중 장유추와 마태륜은 혈전을 치르고 있는 중이니, 남은 것은 넷뿐이다.

이 마당에 정천과 윤하월이 붙는다면?

나머지 두 사람은 기회를 노릴 것이다. 가만히만 있어도 둘 중 하나, 혹은 둘 모두가 쓰러질 텐데 본인들도 싸우려 들 리는 없었다.

틈을 보이는 순간 협공당하게 될 터.

아무리 생각해 봐도 수지가 맞지 않았다.

"빌어먹을."

욕설을 내뱉은 윤하월이 검왕을 돌아봤다.

"끼어드실 거요, 선배?"

"글쎄."

검왕은 미묘하게 웃었다.

"뭐라 딱히 약조할 수는 없겠군."

"제기랄. 그렇다면 당신도 마찬가지인가?"

궁후 요태희 역시 웃는 얼굴로 대꾸했다.

"날 바보라고 생각한다면 마음 놓고 싸워요."

"쳇."

윤하월은 신경질적으로 혀를 찼다. 어째 오십 명이 단상에 있던 때보다 상황이 더 지저분해졌다.

"그래서 이제 어쩌자는 거요? 보아하니 당신들이 먼저 싸우려 들 것 같지도 않은데."

"확실히 상황이 미묘하군."

"이렇게 하는 건 어떻겠어요?"

살며시 일어난 요태희가 나풀거리는 걸음으로 정천의 옆으로 갔다. 그녀는 슬며시 정천과 팔짱을 끼고서는 말했다.

"이 소협과 내가 한편이 되고, 그쪽의 두 분이 한편이 되어 싸우는 거지요. 누가 뒤통수를 칠지 걱정하는 것보단 차라리 편을 맺어 싸우는 게 나을 것 같군요."

"둘씩 편이 되어 싸우자고?"

윤하월이 내키지 않는 듯 중얼거렸다. 검왕과 한판 붙어야 할 판에 그와 편이 되란 말인가?

'하지만……'

합리적으로 생각해 보면 가장 이상적인 형태이기도 했다.

어찌 됐든 우군으로 둔다면 검왕이야말로 최고라 할 수 있었기 때문이다.

요태희는 속을 알 수 없는 여자고, 정천은 검왕보다도 싫은 놈이었다.

게다가 실력 역시 인정할 수밖에 없는 최강. 저 두 사람도 상당히 뛰어날 테지만 검왕의 비교 대상은 아닐 터였다.

승리만을 우선한다면 이보다 좋을 수도 없었다.

"나쁘진 않은 것 같은데……."

말끝을 흐리는 윤하월. 일단은 다른 이들의 반응을 살피자는 생각이었다.

"난 됐소. 혼자가 편하거든."

먼저 말을 꺼낸 사람은 정천이었다. 곧이어 검왕 역시 선선히 웃으며 말했다.

"나 역시 마찬가지. 차라리 홀로 나머지 셋을 상대하는 게 편하겠네."

"큭!"

윤하월이 침음했다. 한순간이나마 협력을 생각했던 자기 자신에게 자괴감이 들었다.

"후후후. 그런가요?"

요태희는 뭐가 그리 재미있는지 웃었다. 그녀는 팔짱 끼었던 손을 살며시 빼고는 정천의 뺨을 쓰다듬었다.

"그래도 누가 천무의 주인으로 적합할지는 대강 보인 듯

하군요."

"크으……!"

윤하월이 이를 가는 가운데 그녀가 선언했다.

"저는 이만 기권하겠어요."

"뭐야?"

윤하월이 깜짝 놀랐고 정천 역시 눈을 둥그렇게 떴다. 검왕에 거의 필적할 것으로 보이던 그녀가 너무 허무하게 포기를 한 것이다.

검왕만큼은 그 가운데에서도 빙그레 웃고 있었다.

"그런가. 알겠네. 수고하셨네. 앞으로도 옆에서 본좌를 도와주었으면 좋겠군."

부드럽게 웃은 요태희가 대꾸했다.

"그런 말씀은 맹주가 되신 다음에나 하시지요."

"본좌는 기필코 천무맹주가 될 것이야."

"아직은 모르는 일이에요."

요태희는 정천에게 눈을 징긋해 보이고는 홀가분히 단상을 내려갔다.

정천은 왠지 찜찜한 눈으로 그녀의 뒷모습을 응시했다. 욕심이 없다는 건 그렇다 쳐도 호승심마저 없단 말인가?

검왕이 정천의 의문을 해소해 주었다.

"그녀는 오래 싸울 수 없는 몸이야. 계속 있었디면 필시 버티지 못하고 쓰러졌을 것이네."

"오래 싸울 수 없다고요?"

"선천적인 지병이 있지. 그녀가 전력으로 싸울 수 있는 건 하루에 일각 정도뿐일 걸세."

정천은 고개를 끄덕였다.

그러고 보면 아까 전에도 요태희는 그리 적극적으로 전투에 나서지 않았다. 오직 다가오는 적만을 쏘아 맞추었을 뿐.

"흥. 결국은 약하다는 것 아닌가. 자신이 패할 것을 알고 있었기에 미리 꼬리를 내린 것 아닌가."

윤하월이 이죽거리며 청룡창을 쥐었다.

"약하기에 패배했다. 그것이 진실이오. 기권을 하든 피떡이 되어 쓰러지든 패배했다는 사실만은 차이가 없지."

"뭐, 그럴지도 모르지."

정천은 의외로 순순히 수긍했다. 그것은 검왕 역시 마찬가지였다.

"그녀는 패배했네."

"훗, 역시 본심들은 그런 것……."

"하지만."

윤하월의 말을 자른 검왕이 말했다.

"패배했다는 이유만으로 상대를 업신여기는 건 좋지 않은 버릇일세. 한 번도 패자가 되지 않는 자는 세상에 없으니까."

"흥. 우스운 소리로군."

코웃음을 친 윤하월이 소리쳤다.

"승리하고 또 승리한다면 될 일이오. 패자가 되지 않는 자는 없다고? 그것이야말로 패자들의 희망 사항에 불과하오."

"그럴지도 모르지. 넌 거기에 포함되지 않겠지만."

"뭐라고?"

정천은 더 말할 것 없다는 듯 기수식을 취했다. 풍심권. 극한의 속도로써 승부를 보겠다는 의미였다.

"흥. 건방진 놈, 보법 좀 유별나다고 건방이 하늘을 찌르는구나."

눈으로 좇을 수 없을 정도의 쾌속. 그 비밀은 보법에 있을 것이라 윤하월은 생각했다. 그리고 그건 어느 정도 사실이었다.

정천이 펼친 보법은 궁극보라고도 불리는 천마보였으니 말이다.

그러나 무공은 보법이 전부가 아니다. 그리고 풍신창왕 윤하월은 보법뿐 아니라 창법에서도 극쾌를 추구하는 인물이었다.

'속도 싸움에선 지지 않는다.'

윤하월이 그렇게 되뇔 때였다.

스윽.

검왕 역시 태천검을 들어 자세를 취했다.

윤하월을 겨냥한 채로.

"……이런 개자식들!"

상황이 더러워졌다. 윤하월은 두 사람을 번갈아 노려보며 분통을 터트렸다.

"입으로는 잘도 떠들더니 결국은 이건가! 두 놈이 손을 잡고 나를 쓰러트리겠다는 것이냐?"

"그러니까 말본새를 곱게 해야지. 그렇게 지껄여대면서 대접받으리라 생각했나?"

"동감일세. 미안하지만 자네는 말이 너무 많아."

"비겁한 놈들!"

포효하듯 욕설을 뱉은 윤하월이 검왕에게 짓쳐 들어갔다. 상황이 이렇게 됐어도 끝끝내 굽히지는 않는 그였다.

"마지막까지도 꼿꼿하군. 그래서 내가 자네를 좋아한다네."

"닥쳐랏!"

콰과과과!

청룡창이 돌풍처럼 회전하며 검왕의 목젖을 노리고 들어갔다. 정면으로 받았다간 호신강기조차 갈가리 찢어 버릴 위력이었다.

검왕도 그런 무지막지한 공세를 정면으로 받지는 않았다. 그는 자세를 낮추는 동시에 태천검을 빠르게 휘둘러 청룡창을 비껴 보냈다.

"흥!"

윤하월은 당황하지 않고 청룡창의 궤도를 비틀었다. 정면으로 쇄도하던 창날이 삽시간에 아래로 방향을 바꾸었다.

검왕 역시 크게 당황하지는 않았다. 그의 태천검은 이번에도 흐르는 물처럼 청룡창의 공세를 흘려보냈다.

그야말로 윤하월의 창법과는 상극.

자연검까지 선보이지 않았음에도 검왕의 방어는 완전무결해 보였다.

차차차창! 따앙!

눈으로 쫓기 힘들 정도의 공방이 이어졌다.

윤하월은 한순간도 쉬지 않겠다는 듯 무섭게 몰아쳤고, 검왕 역시 한 치의 빈틈도 내주지 않은 채 무섭도록 방어해 냈다.

질풍 같고 철벽같은 두 사람의 성미가 그대로 드러나는 광경.

정천은 끼어들지 않은 채 가만히 지켜보기만 했다. 물론 가만히 앉아 이득만 볼 생각은 아니었다.

"백초 지나면 제가 끼겠습니다."

"그러게."

한기로운 두 사람의 대화에 윤히월만 열불이 났다.

"개 같은 놈들!"

윤하월의 창강이 한층 강렬해졌다. 그는 정말 모조리 죽여 버리겠다는 기세로 청룡창을 휘두르기 시작했다.

몰아치는 기세가 한층 강해졌다. 검왕으로서도 쉽게 버티기 힘든 강기의 폭풍이었다.

"할 수 없군."

검왕의 눈빛이 달라졌다. 그리고 그 순간.

파바바밧!

주변의 공기가 윤하월을 향해 무섭게 쇄도하기 시작했다.

"뭣……!"

윤하월도 이번만큼은 당황했다. 한 번도 당해 보지 못한 공세였던 것이다.

검왕의 검이 휘둘러졌다.

돌풍이 그 뒤를 따라 몰아쳤다.

검왕의 검이 강하게 떨쳐졌다.

흙무더기가 치솟아 무섭게 흩날렸다.

내내 공세를 유지하던 윤하월이 비틀거리기 시작했다. 주변 모든 것이 철저하게 그의 공세를 방해하고, 꼼꼼하게 검왕의 움직임을 도왔다.

마치 세상과 외로이 싸우는 듯한 기분.

세상이 검왕을 돕는 듯한 느낌.

'이것이 검왕 유극태의 자연검인가?'

윤하월은 피가 나도록 입술을 깨물었다.

자존심 강한 그임에도 검왕의 경지가 자신보다 우위임을 인정할 수밖에 없었다.

'그러나 나는 지지 않는다!'

윤하월은 아예 방어를 포기했다.

돌무더기가 날아와 몸을 후려치든, 회오리가 몰아쳐 살갗을 찢든 신경 쓰지 않기로 했다.

'오직 공격! 찌르고 찢고 후려치다!'

윤하월이 다시금 검왕과 팽팽히 맞서 나갔다. 물론 빠른 속도로 상처가 늘어 가고는 있었지만 기세 자체는 검왕마저 능가할 정도였다.

"크아아앗!"

기괴하기까지 한 기합성이 터져 나왔다.

그럴 때마다 윤하월은 한층 기세가 살아서는 야수처럼 맹공을 펼쳤다.

검왕의 표정도 차츰 딱딱하게 굳어 갔다.

제압할 수 있으리라 생각했던 윤하월의 저항이 생각보다 거셌다.

'여기까지 온 이상 적당히 끝낼 수는 없다.'

상처 입고 날뛰는 맹수는 제압할 수 없다. 숨통을 끊든가 자신이 당하거나 둘 중 하나뿐이었다.

그리고 검왕은 그래야 한다면 응당 숨통을 끊는 쪽을 택할 인간이었다.

'하는 수 없는가.'

태천검을 쥔 손아귀에 힘이 들어갔다.

엄밀히 말해 자연검을 펼치는 와중에도 의식적으로 손속을 두고 있던 그였다.

그 제약을 해제한다면 단번에 윤하월을 불귀의 객으로 만들 수 있으리라.

검왕이 살의를 드러내려 할 때였다.

"백초 지났습니다."

정천이 섬전처럼 두 사람의 사이로 끼어들었다. 윤하월의 맹공에 준하는 강렬한 기세로.

"으음."

검왕은 일단 물러나기로 했다. 정천이 과연 어떤 식으로 윤하월을 상대할지 궁금하기도 했고.

정천의 방식은 간단했다.

몰아치는 바람에 똑같은 바람으로 맞서는 것.

카카카캉!

정천의 오른팔이 거칠게 요동쳤다. 어느새 구현된 강룡검이 돌진하는 뱀처럼 사방에서 윤하월에게 쇄도했다.

윤하월 역시 맹렬한 창격으로 그에 맞섰다. 그야말로 한 치의 밀림도 없는 속도였다.

파바바밧.

검과 창이 부딪치는 곳에서 강렬한 기운이 뿜어져 나

왔다.

이른바 튕겨져 나온 강기의 파편.

파편들은 사방으로 몰아치며 모든 것을 파괴했다. 비무
대의 바닥이 뜯겨져 나갔고 파편들이 부서지고 갈려서는 흩
날렸다.

그야말로 한 치의 물러남도 없는 공방.

정천도 정천이지만 윤하월의 체력과 정신력은 놀랄 만한
수준이었다.

'아니, 이미 체력은 바닥이 났을 터.'

검왕은 그렇게 확신했다. 실제로 윤하월의 두 눈은 반쯤
풀린 상태였다.

정신을 잃은 채 미치광이처럼 창만을 휘두를 뿐. 지금의
그는 창과 하나가 된 악귀였다.

그런 윤하월을 멈출 방법은 하나뿐.

숨통을 끊거나…….

'지쳐 쓰러지게 만드는 것인가?'

그제야 검왕은 정천의 의도를 알 것 같았다. 초월적인 정
신력을 지녔다고 해도 몸이 따르지 못하면 그만이었다.

'그렇다면.'

검왕은 아예 자리를 잡고는 운기조식을 시작했다. 이렇
게 된 것, 정천이 시간을 끄는 동안 안전히 회복할 생각이
었다.

백초의 공방이 다시 지나갔다.

그사이 운기조식을 마친 검왕이 태천검을 들었다.

"다시 본좌가 맡겠네!"

정천은 미련없이 물러났다. 처음부터 목적은 소모전이었으니 소기의 목적은 달성한 셈.

검왕이 윤하월을 상대하는 동안 정천은 주저앉아 숨을 골랐다. 그러나 검왕처럼 운기조식을 취하진 않았다.

곧 끝이 보였던 것이다.

"허억허억…… 허억!"

윤하월은 이제 지친 기색이 역력했다. 호흡은 거칠어질 대로 거칠어져 있었고 두 다리는 후들거리다 못해 당장이라도 부러질 것 같았다.

그럴 만도 한 게, 이백초가 넘도록 전력을 다해 공방을 펼쳤던 것이다.

검왕도 태천검을 거두었다. 윤하월에게 한계가 왔음을 직감했기 때문이다.

"자네는 정말 대단한 무인일세. 이 정도까지 본좌를 몰아붙였던 인물은 처음이야."

"나, 나는 지지 않는다. 나는 지지 않아."

앵무새처럼 중얼거리는 윤하월.

오래전에 의식을 잃은 채, 그저 무의식중에 같은 말을 반복하는 것이었다.

검왕은 단호히 고개를 저었다.

"아니, 자네는 오늘 여기서 패배하네. 바로 이 자리에서 지는 것이야."

"나, 나는……."

"패배의 밑바닥에서 다시 기어 올라오게."

그 말과 함께 검왕이 일장을 날렸다. 윤하월은 변변히 방어하지도 못하고 흉부를 맞고는 널브러졌다.

도합 이백십오 초의 싸움. 천하의 검왕조차도 진이 빠지는 기분이었다.

"다른 모든 싸움의 시간을 합친 것보다 길었군."

검왕의 말에 정천은 고개를 저었다.

"그런 것 같진 않군요."

"음?"

정천이 가리킨 곳을 본 검왕이 입을 살짝 벌렸다.

장유추와 마태륜이 그곳에 있었다. 그야말로 만신창이가 된 모습으로.

장유추의 온몸은 시뻘겠다. 수많은 상흔이 그의 몸에 새겨진 뒤였다.

마태륜 역시 온몸에서 붉은빛 김을 뿜어내고 있었다. 체내를 난타한 뇌기로 인해 체액이 끓어오르는 모양이었다.

두 사람은 조금 전부터 움직이지 않았다. 거의 동시에 정신을 잃은 모양이었다.

아래에서 지켜보던 제갈현이 뒤늦게 손짓을 했다. 의원들과 집행부원들이 비무대 위로 올라왔다.

두 사람과 윤하월이 실려 가는 모습을 보며 검왕이 중얼거렸다.

"본좌는 참으로 행운아로군. 이렇게나 대단한 인재들을 곁에 두었다니 말이야."

"……."

"이제는 자네만 남았네. 마지막으로 자네를 굴복시킨 후, 본좌는 새로운 천무맹의 맹주로서 거듭나게 될 것일세."

정천은 가볍게 숨을 뱉었다.

'천무맹주라.'

얻을 것 없이 짊어져야 할 것만 많은 자리. 이미 짊어진 것이 너무나 많은 정천으로선 조금도 부럽지 않은 자리.

하지만 기왕 여기까지 온 이상은 끝을 보고 싶었다.

"까짓거, 맹주가 되고 나서 다른 사람을 임명시켜 버리면 되겠지."

"음?"

의아해하는 검왕을 향해 정천이 피식 웃었다.

"제가 맹주가 된 다음엔 검왕 선배께 곧장 자리를 양도해 드리죠. 누이 좋고 매부 좋은 일 아니겠습니까?"

"……본좌를 놀리는 것인가?"

"제게 있어 천무맹주직 같은 것은 아무 의미도 없다는

뜻입니다."

검왕의 얼굴은 딱딱해진 채 펴질 줄 몰랐다.

"그럴지도 모르지. 하지만 자네에게 아무 의미도 없는 게 남에겐 목숨보다 더한 것일 수도 있네."

"그렇겠지요."

"그걸 알면서도 그리 말했다는 것이지?"

"선배께서도 익히 알고 계시잖습니까? 제 방식."

검왕은 사납게 웃었다. 도발로써 심리를 흔들고, 그로 인해 만들어진 틈을 파고든다. 무인이라기보다는 사냥꾼의 방식.

'그리고 이제는 그 방식으로 본좌를 사냥하겠다고?'

볼수록 마음에 드는 인재다. 윤하월과 함께 맹주의 양 날개가 되어 줄 수 있으리라.

그렇기에 더더욱 그를 쓰러트리고 싶었다. 갖기 위해선 굴복시켜야 했으니까.

스스스스.

검왕의 주위로 바람이 몰아치기 시작했다. 자연검의 조화가 또다시 시작된 것이었다.

"자네를 무릎 꿇리고야 말 것이네."

검왕이 선언하듯 말했다. 정천 역시 강룡검을 거세게 쥐었다.

"그런 일은 없을 겁니다."

그들을 중심으로 거대한 회오리가 생기고 있었다. 두 사람이 흘린 기세가 주변으로 몰아치고 있는 것이었다.

그 모습을 지켜보는 모두가 곧 결착이 날 것임을 예감했다.

◇

"클클클, 드디어 도착했는가."

멸살독마는 두 눈을 희번덕거렸다. 섬서성의 비옥한 농토가 그들을 맞이하고 있었다.

이제 황룡성까지는 열흘 거리.

그들이 이끌고 온 파멸의 풍문은 그보다 약간 빨리 천무맹을 강타할 것이다.

"클클클, 이건 너무 간단한 일이 아닌지 모르겠구먼."

이곳까지 오는 동안 일곱 개의 마을을 불사르고 십여 개의 문파를 멸문시켰다.

그나마 그조차도 최대한 조용히 움직이기 위해 주의한 결과였다.

"허무할 정도로 쉬운 진군이었다. 부디 지금부터라도 고난이 존재하기만을 바랄 따름이다."

나직이 중얼거린 멸살독마가 명령했다.

"전진한다. 이대로 독기를 품은 바람을 황룡성 대문까지 날리자꾸나.”

멸살독마 휘하의 일천 병력, 섬서성에 당도.

그 뒤를 따르는 마교의 본대는 사천성에서 동진 중이었
다.

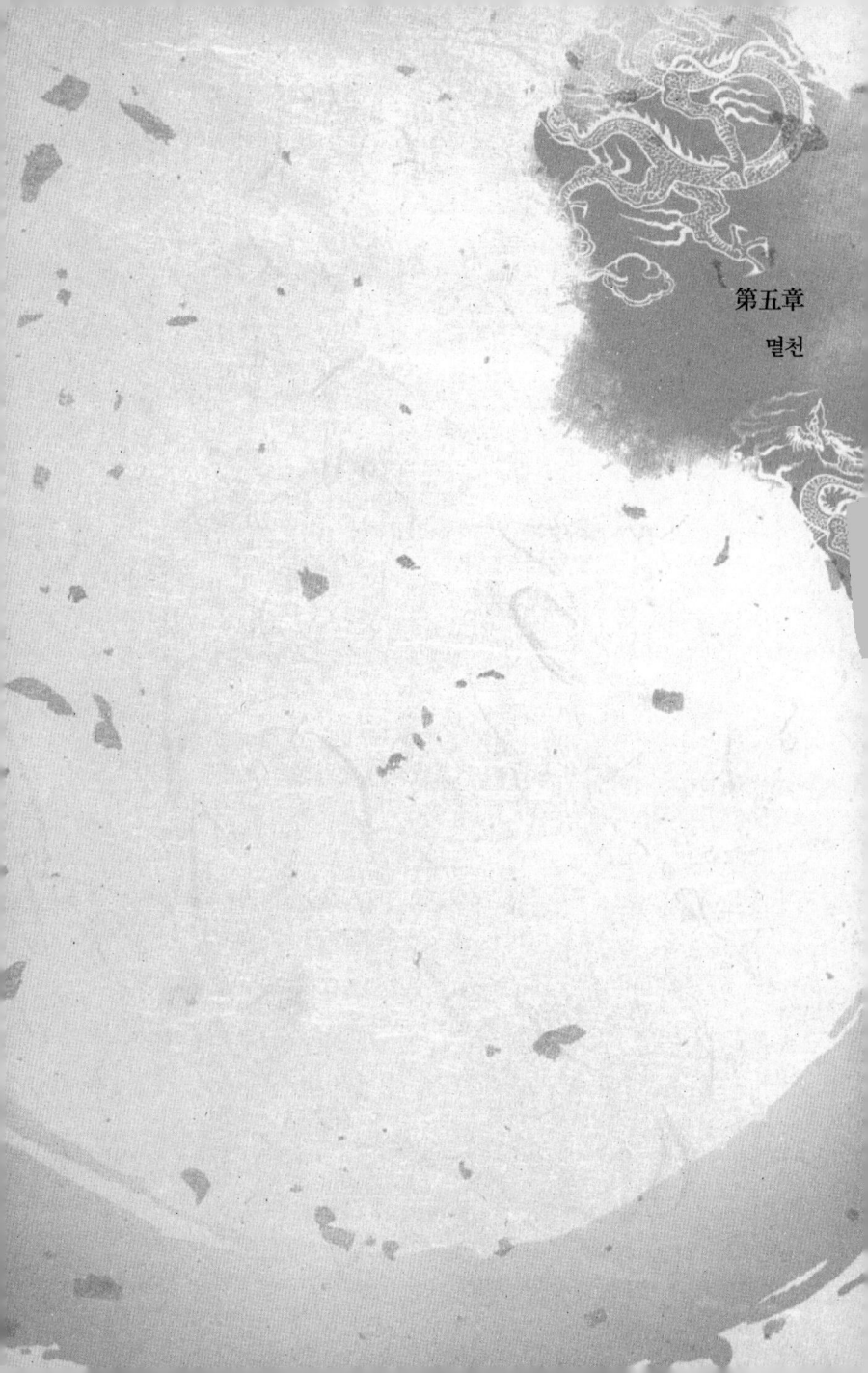

第五章

멸천

"그런데……."

태천검을 쥔 검왕이 물었다.

"곧장 싸워도 되겠는가?"

"그건 무슨 의미입니까?"

"자네, 본좌와는 달리 운기조식을 취할 여유가 없었잖은가. 윤하월과의 일전으로 상당히 기력이 떨어져 있을 터인데."

정천은 잠깐 자신의 몸을 살펴봤다. 확실히 기운을 회복한 검왕과 달리 완전하다고 하기는 힘든 상태였다.

검왕은 태천검을 검집 안으로 밀어 넣었다.

"운기조식을 취하게. 여력을 회복할 기회를 주지."

"적수에게 마음을 쓰시는 겁니까?"

"찜찜한 승리는 본좌 스스로가 용납할 수 없네. 가능하다면 전력의 자네를 쓰러트리고 싶군."

"그런 거라면 걱정하지 마시죠."

정천의 눈자위가 검게 물들었다. 동시에 그를 둘러싼 공기 자체가 무겁게 가라앉았다.

사위를 압도하는 존재감.

'이것은……'

검왕은 어느새 태천검을 뽑아 들고 있었다. 설마 이 정도의 여력을 숨기고 있었다니?

강룡검이 다시금 정천의 손아귀에 나타났다.

"선배님과 결착을 낼 정도의 여력은 남겨 두었습니다."

"확실히 그래 보이는군."

이것을 내력이라 할 수 있을까? 만일 그렇다면, 정천의 내력은 검왕이 걱정할 수준을 아득히 넘고 있었다.

'저 나이에 이 정도 내력이라니. 정천 저 사내는 대체 어떠한 사선을 건너왔으며 어떠한 전투를 치러 온 것인가?'

검왕 자신도 수십 년 검행이 순탄하다고는 생각하지 않았다. 죽을 고비를 넘겼던 것도 수차례요, 패배의 쓴잔을 마셨던 것도 여러 번이었다.

그러나 눈앞의 사내와는 거쳐 온 수라장 자체가 달랐다.

그런 사실을 본능적으로 직감할 수 있었다.

'나락을, 지옥을 거쳐 돌아온 귀환병인가.'

검왕은 정천에 대한 여유를 완전히 접었다.

아무리 낮게 친다고 쳐도 이 사내는 자신과 동급이었다. 아마도 이 황룡성 내에서는 유일할.

"오랜만이로군."

태천검을 쥔 손이 가늘게 전율했다.

실로 오래간만이다, 이런 감각.

죽음이 두 사람 사이에서 춤사위를 추고 있었다.

"지금부터 일말의 손속도 두지 않겠네."

"저 역시."

검왕의 말에 정천이 대꾸했다.

두 사람은 각자의 검을 쥔 채 대치했다. 그리고 잠시 동안 이어지는 고요.

멈춰 선 채 아무도 움직이지 않았다.

"뭐가 어떻게 된 거지?"

아래에서 지켜보던 칠삼이 중얼거렸다.

지금까지의 격전도 그의 기준에선 감당하기 힘들 정도였으나, 지금은 더욱 그랬다.

두 사람의 신형은 멈추어 있으나 격렬한 전투가 치러지고 있는 듯했다.

"거리와 때를 가늠하고 있군."

"거리?"

칠삼의 물음에 백미련은 고개를 끄덕였다.

"아무리 거대한 내공을 덧칠한다 해도 결국은 누가 급소를 꿰뚫느냐의 싸움이니까. 아마 저 자리에서 서로 상대방과의 거리를, 더불어 치고 들어갈 틈을 궁리하고 있겠지."

"치고 들어갈 틈이라."

"하지만 이대로는 몇 날 며칠이 지나도 결착이 나지 않아. 서로의 무위가 동급이니까. 저 상황에 먼저 들어가는 쪽이 수를 먼저 보이는 셈이니 신중해질 수밖에 없어."

백미련은 발밑에 떨어져 있는 파편을 주웠다. 비무대의 부서진 바닥 파편이 날아와 떨어진 것이었다.

"그렇다면 외부에서 인위적으로 싸움을 촉발시키는 수밖에."

휙!

그녀가 던진 파편이 쏜살처럼 날아갔다.

조금 앞에서 관전 중이던 제갈현과 남궁운이 그것을 감지했다. 그러나 백미련의 의도를 알았기에 구태여 막거나 하지 않았다.

수십 장을 날아간 파편이 두 사람의 발치에 떨어졌다.

파삭.

파편이 깨지는 순간 정천이 움직였다. 오른팔이 채찍처럼 휘어서는 강룡검을 쥔 손끝을 내질렀다.

먹잇감을 노리는 뱀의 아가리처럼, 강룡검이 검왕의 목
덜미를 향해 쇄도했다.

같은 순간 검왕도 움직였다.

태천검이 백색 빛을 흩뿌렸다. 그 목표는 검을 내지르는
정천의 손목. 뱀의 아가리를 피하고 목을 쳐내려는 것이었
다.

다시 정천의 공격 궤도가 바뀌었다.

이번에 노리는 곳은 검왕의 오른쪽 어깨. 적이 목을 치려
한다면 허리를 끊어 버리겠다는 의도였다.

태천검 역시 또다시 궤도를 바꿨다. 이번엔 잠시 참고서
일단 공격부터 막겠다는 생각.

그런 과정이 끝난 후에야 첫 번째 부딪침이 있었다.

차차차창!

허공 위로 불꽃이 튀었다. 바람처럼 쏘아진 두 사람의 검
이 수십 차례의 충돌을 거듭했다.

"허어……."

"오오."

비교적 안목이 낮은 이들이 넋이 빠진 채 초신속의 공방
을 지켜보았다. 그래도 이 자리에 있을 만큼의 무위는 됐기
에, 두 사람의 검속을 좇으며 경탄할 정도의 능력은 됐다.

"크으."

"말도 안 되는……."

저들보다 조금 뛰어난 이들은 공포를 느끼며 치를 떨었다. 한 차례의 충돌 직전까지 몇 번의 계산과 움직임이 뒤따른다는 것까지 간파했던 것이다.

그리고 그들보다도 무위가 뛰어난 이들은 허탈감에 휩싸였다.

"괴물들이군."

"그렇군요."

남궁운의 혼잣말에 제갈현이 동조했다.

눈에 보이는 공방보다도 머리싸움이 더 치열하다. 그러나 그보다도 치열한 것은 두 사람의 전투 방식이었다.

검과 검이 부딪치는 내내 두 사람의 왼팔과 두 다리가 끊임없이 움직이고 있었다.

일견 검을 보조하기 위한 행동으로만 보이는 그것은, 실제로는 상대의 허를 찔러 들어가기 위한 공격 자체였다.

정천은 강룡검을 회수하며 왼팔을 강하게 떨쳤다. 화천우(火天雨)의 불길을 머금은 주먹이 검왕의 복부를 노렸다.

검왕은 토룡수(土龍手)의 수법으로 불길을 다스렸다. 동시에 정천의 주먹을 강하게 밀쳤다.

강렬한 검격에 가려져 거의 눈치채기 힘들 정도의 공방. 아마 초고수들 외엔 확인조차 하기 힘들었으리라.

단순한 검객 사이의 싸움이 아니다.

두 사람은 문자 그대로 모든 방식을 총동원해 적을 공격하고 있었다.

카캉!

두 사람의 몸이 십 장씩 물러났다. 실질적으로 유효타는 하나도 없었는데 입고 있는 옷들이 너덜너덜했다.

먼저 입을 연 쪽은 검왕이었다.

"본좌가 아는 것보다도 많은 초식을 익혔군. 설마 자네에게서 미교의 무공까지 볼 수 있을 줄은 몰랐네."

"하지만 그중 어느 것도 선배님께는 효과를 보이지 못했군요."

"그야 상대가 상대니까. 만약 본좌가 아닌 다른 무인이었다면 얘기가 달랐겠지."

"아직 끝나진 않았습니다."

"알고 있네."

검왕은 태천검을 고쳐 쥐었다. 정천은 직감적으로 이제부터가 진짜라는 것을 느꼈다.

"정말 모든 것을 걸어 보세."

"그러죠."

"본좌가 먼저 가지."

순간 바람의 흐름이 바뀌었다. 검왕의 눈빛에서도 투기가 완전히 사라졌다.

그러나 수백, 수천의 살기가 집중되는 것보다도 위험한 느낌.

정천은 내심 긴장하며 강룡검을 꾹 쥐었다.

'자연검이 온다.'

휘이이이.

바람이 몰아치기 시작했다. 단순히 살기나 검기 등으로 일으키는 것과는 수준이 다른 바람이었다.

세상 모든 바람이 자신을 적대하는 느낌.

정천은 홀로 세상에 맞서는 기분을 느꼈다.

팟!

정천의 왼팔에서 피가 튀었다. 그저 바람이 스쳤을 뿐인데 살점이 떨어져 나간 것이다.

"윽."

깜짝 놀란 정천이 한 걸음 물러났다. 어지간한 검기로도 상처 하나 낼 수 없는 그가 너무나 간단히 피를 보고 말았다.

지켜보던 이들 역시 눈을 의심했다.

"호신강기마저 뚫어 버리는 바람이라고?"

"그런 게 가능하단 말인가?"

화연란이 즉각 백미련을 돌아봤다.

"언니라면 저런 게 가능하겠어요?"

"불가능해."

선선히 고개를 저은 백미련이 쓴웃음을 지었다.

"설마 혈선들을 제외하고도 저런 고수가 있을 줄이야."

화연란은 작은 충격을 받았다. 그 말은 곧, 혈선들 역시 저 정도는 벌일 수 있다는 의미 아닌가.

다시 말해, 지금의 검왕을 이기지 못한다면 혈선에겐 어림도 없다는 의미.

'오라버니.'

화연란은 다시 정천을 응시했다. 자기도 모르게 두 손이 짖어 들이기는 걸 느끼며.

정천은 팔에 묻은 피를 슥 닦아 냈다. 상처 자체는 금세 치유가 된 뒤였다.

"대단한 회복력이군. 자네를 제대로 쓰러트리려면 폭풍 하나를 몽땅 가져다 박아야겠어."

검왕의 감탄에 정천은 사납게 웃었다.

"저야말로 놀랐습니다. 한 줄기 바람에도 검강을 실을 수 있을 정도라니."

"그 정도에 놀랐다면 자네의 무운도 여기까지겠군."

검왕이 태천검을 들어 정천을 겨냥했다.

그 순간 정천은 그의 옷자락을 펄럭이는 바람결 하나하나에 검강이 실렸음을 느꼈다.

'주변의 자연이 그의 검.'

저 바람이 몰아친다면 정천이라 해도 온몸이 난자당할 것이다. 죽고 사는 게 문제가 아니라, 시체가 온전히 남기나 할지가 문제일 터.

"흥."

정천은 작게 코웃음을 쳤다.

어차피 죽을 고비라면 그 역시 수도 없이 넘겨 왔었다. 고작 거기에 한 번이 더 추가될 뿐이었다.

"자연이 상대라면."

파츠츠츠.

강룡검 주변으로 푸른빛 전광이 어렸다.

"자연 자체를 부숴 버리면 그만."

정천이 땅을 박찼다.

그대로 천마보를 밟으며 검왕의 코앞까지 쇄도했다. 어떠한 잔재주도 섞지 않은 정직하기까지 한 돌진.

"어리석군."

검왕의 태천검을 휘둘렀다. 그 칼날의 흐름을 따라 검강을 머금은 폭풍이 몰아쳤다.

콰과과과!

우선은 귀를 먹먹하게 하는 굉음이 몰려왔다. 뒤이어 느껴지는 공기의 흐름. 이 흐름이 조금만 더 몰려온다면 살갗이 베이고 뼈가 끊어지리라.

'그렇다면 그보다도 빠르게!'

그 흐름이 오기 전에, 정천이 검을 뻗었다.

제사검 뇌천월인(雷天月刃)이 그의 손아귀 안에서 울부짖었다.

파지지직!

푸른빛 뇌전이 비무대 위로 몰아쳤다. 들이닥치던 바람이 순간 힘을 잃고서 약해졌다.

"으음!"

검왕은 내심 당황했다.

바람은 그 누구도 깨트릴 수 없다. 아무리 예리한 검으로 벤다고 헤도 그저 스쳐 지나갈 뿐이다.

그의 자연검 역시 마찬가지였다. 바람 속에 담긴 수없이 많은 검강을 깨트리는 것은 실질적으로 불가능했다.

"그러나 결국은 그래 봐야 검기(劍技)일 뿐."

정천의 목소리가 귓가를 울리는 듯했다. 어쩌면 검왕 자신의 착각일지도 몰랐다.

파지지직!

몰아친 뇌전이 검왕의 태천검으로 떨어졌다. 검왕은 전격이 자신의 몸을 훑는 것을 느꼈다.

"흡!"

기합성을 토하며 뇌기를 몰아냈다. 전격은 그대로 땅으로 스며들어 사라졌다.

이윽고 찾아오는 어지러움.

검왕은 비틀거리려는 몸을 애써 가누었다.

"놀랍군."

벌어진 검왕의 입에서 새하얀 김이 뿜어져 나왔다. 기합으로 애써 밀어내긴 했지만 전격은 그의 몸에 상당한 타격을 주었다.

물론 심대한 수준은 아니다. 약간만 있어도 회복이 가능한 수준.

정천만큼은 아니어도 그 역시 인간을 초월한 존재였다. 어지간한 타격은 큰 의미가 되지 않았다.

그러나 정신의 타격은 얘기가 다르다.

"어떻게 본좌의 풍아(風牙)를 파훼했지?"

"간단합니다."

정천이 강룡검을 내민 채 대꾸했다.

"그저 보다 강한 힘으로 부숴 버렸을 뿐."

허무할 정도로 단순한 대답이다. 여느 사람이라면 어이가 없어 맥이 풀릴 정도로.

그러나 검왕은 뭔가 깨달은 듯 고개를 끄덕였다.

"단순함이 복잡함을 이긴 것인가?"

"자연검이란 표현은, 일견 광대하고 심오해 보이지만 결국 검기의 확장에 지나지 않습니다. 실제 바람이라면 어찌할 수 없겠지만, 검기에 근간을 둔 기술이라면 마찬가지로 검기에 부서질 수도 있겠죠."

"그럴 테지. 하지만."

검왕이 다시 태천검을 끌어당겼다.

"다시 말해 부서지지 않는 검이라면 될 일이지."

쿠구구구.

또다시 바람이 몰아치기 시작했다. 그러나 이번엔 조금 형질이 달랐다.

마치 거대한 벽과 같은 느낌.

수없이 많은 결들을 하나로 뭉쳐 거대한 망치로 탈바꿈한 느낌이었다.

그 위력은 조금 전과는 비교할 수도 없을 터.

그러나 그것으로도 끝이 아니었다.

콰콰콰콰!

비무대가 갈라지고 있었다. 떨어져 나온 파편과 흙무더기가 정천을 향해 아가리를 틀며 다가왔다.

쿠구구구구.

하늘이 어둑해지기 시작했다. 삽시간에 비구름이 모여들더니 속이 뒤틀린 양 뇌전을 번뜩이기 시작했다.

그 한가운데에 검왕이 서 있었다.

"본좌 역시 잔재주는 집어치우지. 쓸데없이 시간을 길게 끌지도 않겠네. 펼칠 수 있는 최강의 수로 자네를 상대해주지."

이것이 진짜였다. 상상할 수 있는 세상 모든 것이 단 한 존재를 향해 이빨을 들이미는 것.

검왕의 궁극검인 무한아(無限牙)의 실체였다.

'어지간한 검으로는 상대할 수 없다.'

정천은 내심 실감했다. 어지간한 강룡검식으로도 상대할 수 없다는 것을.

그 역시 선보일 수 있는 가장 강한 검을 보여야만 할 터. 그러나 그 검은 정천 자신도 직접 펼쳐 본 적이 한 번도 없었다.

'하지만 하는 수밖에 없다.'

더 계산하고 재단할 여유도 없었다. 이제는 정말 하거나 말거나, 둘 중의 하나만 남았을 뿐.

'한다.'

결정을 내린 정천이 이를 악물었다. 동시에 강룡검을 두 손으로 쥐고는 자세를 낮췄다.

그것이 전부.

지켜보는 모든 이가 자기도 모르게 주먹을 꾹 쥐었다.

'죽을 셈인가?'

'검왕에게 대항할 궁극의 초식이 더 이상은 없단 말인가?'

눈 씻고 다시 봐도 변한 것은 없다. 기본 중의 기본이라 할 수 있는 기수식을 취한 채, 그저 두 손으로 검을 쥐고는 서 있을 뿐.

그것이 말 그대로 궁극의 검식이란 것은 검왕만이 깨달을 수 있었다.

'처음의 처음으로 돌아간 것인가.'

검법이란 결국 한 가지 이유에서 출발된 공부다.

그냥 휘두르는 검으로는 적을 벨 수 없다는 것.

그렇기에 최초로 초식이 생겨났다. 보다 쉽게, 보다 나은 방식으로 적을 베기 위해.

거기에 대항하여 수많은 방어식이 파생됐다. 이는 또다시 수없이 많은 변초를 불러왔다. 그것이 바로 검술의 발전이었다.

검술뿐만이 아니다. 모든 무술은 애초에 같은 목적에서 시작되었다.

어떻게 하면 보다 쉽게 적을 쓰러트릴 수 있을까?

다시 말하자면, 그 점이 충족될 수 있다면 초식이고 검술이고 모든 것이 무의미해진다는 소리다.

한 번 휘두름으로써 적을 벨 수 있다면, 그저 한 번 휘두르면 족하다.

쓸데없이 허식을 섞을 필요도 없고 변초로 속이려 들 필요도 없다.

'그렇다면 자네는, 결국 그러한 경지를 이룩했다는 것인가?'

인정할 수 없다. 검왕은 자신도 모르게 피가 나도록 이를 악물었다.

'이 얼마나 오만하고 어리석은가!'

모순이다. 세상 모든 것을 꿰뚫는 창, 세상 모든 것을 막는 방패가 없듯이 세상 모든 것을 벨 수 있는 검 역시 없다.

그렇기에 검술이 있고 무술이 있는 것 아닌가?

정천은 지금 그 사실에 정면으로 반하고 있었다.

다른 모든 것을 떠나 한 사람의 무인으로서 용인할 수 없었다.

그리고 그 사실을 실감했을 때.

검왕은 몸을 날리고 있었다.

"타아아앗!"

무한아가 펼쳐졌다. 폭풍과 뇌전과 지진과 천둥이 검왕이 뻗는 태천검을 따라 정천에게로 몰아쳤다.

단번에 정천을 삼키고 드는 공격. 검격의 상식을 초월한 궁극의 검이 펼쳐졌다.

끝이다. 모두가 그렇게 생각한 순간.

"멸(滅)……."

그러한 검강의 한가운데에서, 정천이 강룡검을 내뻗었다.

"……천(天)!"

쩌어어억!

흑색의 일선이 모든 것을 갈랐다.

"음?"

천마는 자기도 모르게 자리를 박차고 일어났다. 그는 어이가 없다는 눈으로 동쪽 하늘을 노려봤다.

"왜 그러십니까, 천마님?"

귀도신마가 다가왔다. 천마는 대답하지 않은 채 무서운 눈으로 동녘만을 노려봤다.

"천마님?"

"보이는가?"

선문답 같은 반문. 귀도신마는 의아했다.

"무엇이 말씀입니까?"

"저 하늘 말이야. 저 하늘이 보이느냔 말이네."

"예?"

귀도신마는 천마가 노려보고 있는 먼 동녘을 바라봤다. 시커먼 구름이 드문드문 끼어 있긴 하나 그 외엔 평범하기 그지없었다.

"비가 올지도 모르겠군요."

귀도신마의 대꾸에 천마는 고개를 저었다.

"보이지 않는가. 하기야 자네의 안력으로도 아직은 무리일지도 모르겠군."

"예?"

"아무것도 아니네. 그러나 아마 내가 잘못 본 것이 아니라면……."

잠시 주저하듯 말을 않던 천마가 나직이 운을 뗐다.

"이번 토벌행도 결코 순탄치만은 않겠어."

"……."

귀도신마는 설마 하는 생각에 침묵했다. 천마는 동쪽에서 눈을 떼고는 곧장 전서구 담당을 호출했다.

"멸살독마에게 전하게. 섬서성에 도착하더라도 곧장 황룡성으로 돌진하진 말라고. 일단은 기다린 후 본대와 합류하라고 말이야."

열흘 간격으로 멸살독마의 병력과 마교 본대가 귀암산을 나섰던 차였다.

다른 십마들이 천마에게로 다가왔다.

"대체 무슨 일입니까?"

"그런 명령을 하셔 봐야 독마의 사기만 떨어트리게 될 텐데요."

"사기가 떨어지고 마는 편이 목숨을 잃는 것보단 낫지 않겠나."

단호한 천마의 말에 십마들도 할 말이 없어졌다. 대체 갑작스런 그의 신중함이 무엇 때문인지는 알 수 없었지만 말이다.

귀도신마가 다시 조심스럽게 물었다.

"무엇 때문에 천마님께서 걱정하시는 것인지요?"

"자네들."

천마는 이번에도 선문답 같은 대답을 꺼냈다.

"하늘을 가를 수 있겠나?"

"예?"

"그게 무슨 말씀입니까?"

"본좌라면 어떨까. 본좌는 과연 하늘을 가를 수 있을까?"

하나같이 어리둥절해서 서로만 쳐다보는 십마들.

그들 역시 무의 극치에 다다른 초고수들이었으나, 천마가 말한 것과 같은 일은 상상조차 하기 힘들었다.

천마는 더 말하지 않고서 말에 올랐다.

그의 눈은 동쪽에 고정된 채 떨어지지 않았다.

"구태여 중원 정벌 때문만이 아니더라도, 지금의 황룡성은 꼭 찾아가 볼 가치가 있겠군."

나직이 중얼거리는 천마.

그가 바라보던 하늘의 구름은 어느새 흩어져 사라진 뒤였다.

하늘이 갈라졌다.

자신의 모든 공세가 으스러지는 순간 검왕이 느꼈던 기분이었다.

폭풍은 흩어지고 지진은 잠재워졌다. 뇌전과 천둥은 거짓말처럼 소멸해 버렸다.

무한아의 이빨이 완전히 부러진 셈.

그리고 그 모든 것을 갈라 버린 검격은…….

'하늘마저 베어 버렸는가?'

검왕은 무의식중에 고개를 치켜들었다. 그가 불러들였던 먹구름이 뿔뿔이 흩어져 사라지고 있었다.

"멸천."

하늘을 멸한다. 이 얼마나 어리석고도 오만한 이름이란 말인가.

그러나 지금의 검왕은 그 이름이 퍽 어울릴지도 모르겠다고 생각하고 있었다.

뚝.

태천검이 부러져서는 땅으로 떨어졌다.

비무대 아래에서 숨 죽인 채 지켜보던 모두의 눈이 휘둥그레졌다.

"태, 태천검이……!"

"명검칠존의 수장이!"

중원, 나아가 세상에서 최고라 할 수 있는 일곱 자루의 검. 검에게 선택받지 않고서는 왕이나 황제조차 쥘 수 없었다는 명검 중의 명검.

명검칠존 중에서도 나찰수라와 더불어 최강이라 불리던 태천검이 부러졌다.

"본좌의 목숨을 네가 구했구나."

검왕은 씁쓸히 웃었다.

한 번 꺾인 검은 다시는 되돌아오지 못한다. 부러진 철을 다시 벼른다고 해도 태천검이 돌아오진 않을 것이다.

'그것만이 전부였다고 생각하진 않지만…….'

검왕의 생각이 맞다면 정천은 그를 똑바로 노리지 않았다. 비스듬히 검격을 날려 검기 자체는 검왕을 비껴가게끔 했다.

다시 말해 검을 휘두른 여파만으로 검왕의 궁극검을 파훼해 버렸다는 것.

어찌 보면 죽음보다도 큰 수치였다.

'빗나간 검에 검왕이 패한 셈인가. 검왕이란 이름이 울고 가겠군.'

씁쓸히 되뇌인 검왕이 전방을 응시했다.

정천은 검을 휘두른 자세 그대로 서 있었다. 강룡검은 어느새 사라진 뒤.

아무것도 쥐고 있지 않은 만큼 조금 우습게도 보이는 모습이었다.

그러나 그걸 보고 웃을 수 있는 이는 없으리라.

"자네가 이겼군."

검왕이 씁쓸히 입을 열었을 때였다.

"아뇨."

정천의 입이 천천히 열렸다.

"제겐 더 이상의 여력이 없습니다. 조금 전의 일격에 모든 내력을 쏟아부었으니까요. 반면 선배님께선 아직도 싸울 여력이 있겠지요."

"허나 그것은……."

검왕은 입을 다물었다. 차마 '네가 봐준 것 아니냐'는 말이 나오지 않았던 까닭이다.

정천은 쓴웃음을 지었다.

"그 일격으로 선배님의 태천검을 부수고 죽지 않을 정도의 상처를 입혀 쓰러트린다. 그것이 처음의 계산이었습니다."

"……."

"하지만 변수가 있었던 것 같군요. 그 검이 그렇게나 뛰어난 줄은 몰랐습니다."

검왕은 떨어져 있는 태천검을 내려다봤다. 정천의 한마디가 더 이어졌다.

"그 시점에서 저의 패배입니다."

검왕은 주먹을 꾹 쥐었다.

부들부들 떨리는 손아귀에서 선혈이 흘렀다.

"그걸 본좌더러 납득하란 말인가? 패배보다 더 치욕스러운 승리를 받아들이라고?"

"분하면 실력으로 절 뛰어넘으시죠."

그 말을 끝으로 정천의 몸이 허물어졌다. 검왕은 복잡한 표정으로 그런 정천을 응시했다.

승리라고 할 수 없는 승리. 아니, 이건 누가 뭐래도 명백한 패배였다.

"결국 자네는 자기 좋을 대로 승패를 정해 버렸군."

검왕의 한마디를 끝으로 황룡회 역시 종막을 고했다.

第六章

마교도래(魔教到來)

"……."

"……."

무림 명숙들이 모두 모인 회의장엔 침묵만 가득했다. 전적으로 그들의 축하를 받아야 할 인물 때문이었다.

황룡회의 최종 우승자.

검왕 유극태는 황금빛 맹주좌에 앉은 채로 무거운 침묵만을 고수하고 있었다.

"음……."

이따금 무거운 침음만을 뱉을 따름.

그토록 원하고 원했던 자리를 차지한 후의 반응치고는 너무나 이상했다.

누군가가 분위기를 환기시켜야 하는 것 아닌가 하고 그들이 생각할 무렵이었다.

끼이익.

천무맹 군사 제갈현이 문을 열고 들어왔다.

무겁게 가라앉아 있던 검왕이 처음으로 반응을 보였다. 그것도 상당히 큰 반응이었다.

"상태가 어떻다던가?"

사람들은 처음엔 검왕이 태천검에 대해 말하는 줄 알았다. 성 한 채와도 바꿀 수 없는 비보를 잃었다는 건 분명 엄청난 손실이었으니 말이다.

그러나 제갈현이 꺼낸 말은 태천검에 대한 게 아니었다.

"목숨엔 별 지장이 없다고 합니다. 단순히 내력을 모두 소모해 탈진한 정도니까요."

"그런가? 다행이군."

그제야 안도한 듯 자리에 몸을 파묻는 검왕.

무림 명숙들은 어리둥절해서 서로를 쳐다보기만 할 뿐이었다.

"맹주, 결례가 되지 않는다면 설명을 좀 해 주실 수 있겠소?"

산동 명가 백마파(白馬派)의 장문인인 권추였다. 그가 사람들을 대표해 껄끄러운 질문을 꺼내자 많은 이들이 감사의 눈길을 보냈다.

대답은 제갈현이 했다.

"조금 전 정천의 상태를 살피고 온 길입니다."

"정천? 맹주의 마지막 상대였던 자 말이오?"

의아함 가득한 권추의 반응. 기실 다른 이들도 크게 다르진 않았다.

그들이 보기에 마지막 일전은 압도적인 검왕의 승리였던 것이다.

궁극검인 무한아에 맞서 정천은 자포자기했다. 그 와중에도 어찌어찌 전력을 다한 일격을 날리긴 했으나, 결국은 무한아를 감당하지 못하고 쓰러졌다. 그들이 지켜본 바로는 그러했다.

그 와중에 태천검이 부러진 것은 궁극검의 위력이 너무 셌기 때문일 뿐.

결국 정천에 대한 그들의 평가도 그리 높진 않았다. 그 나이치고는 강하긴 하나 검왕과의 격차는 넘을 수 없다고 생각했다.

'목숨을 구한 것만으로도 다행이지.'

'검왕도 마지막엔 손속을 두었던 모양인데.'

'뭐, 당분간은 정신도 차릴 수 없을 테니 무시해도 되겠지.'

그들의 생각은 그러했고, 그것이야말로 그들의 한계였다.

그러나 제갈현으로서도 그들을 탓할 마음은 들지 않았다.

'하긴 나조차도 두 눈을 의심할 정도였으니……'

제갈현처럼 무학에 밝은 사람조차도 마지막 격돌을 고스란히 읽어 내진 못했다.

그저 정천의 검이 태천검을 부러트렸다는 것만 어렴풋이 알았을 뿐. 엄밀히 말해 격돌 순간 자체는 눈으로도 좇을 수 없었다.

그때 마지막으로 한 사람이 희의장에 들어섰다.

전 맹주이자 현 남궁세가주인 남궁운이었다.

"맹주 등극을 축하드리오."

남궁운의 공손한 인사에도 검왕은 이맛살을 찌푸렸다. 행간의 숨겨진 비웃음을 느꼈던 것이다.

"자네도 날 놀릴 생각인가?"

"그럴 리가 있겠소? 나는 지금 진심으로 그대의 맹주 등극을 축하하는 것이오."

"상처뿐인 결과일세."

"그러나 자네가 우승자가 된 것은 분명한 사실이지요. 안 그렇소?"

검왕은 내심 쓴맛을 느끼며 한쪽을 가리켰다. 남궁운은 가볍게 목례를 하고는 그 자리로 가 앉았다.

안 그래도 딱딱한 분위기인데 전대 맹주까지 가세하니 한층 갑갑해졌다. 그것도 반쯤은 찬탈당하다시피 한 맹주 자리이니……

'이보다 공기가 안 좋을 수도 없겠군.'

'이래서야 앞으로 무슨 일이 일어나더라도 놀라지 않겠는데.'

무림 명숙들이 그렇게 생각하고 있을 때였다.

다시금 문이 열리며 비영대주 비목이 들어섰다. 손에는 자그만 서신을 하나 든 채였다.

"군사님, 이것을."

비목에게서 서신을 받아 든 제갈현의 표정이 이내 일그러졌다.

"무슨 일인가?"

검왕의 물음에 제갈현은 말없이 서신을 내밀었다. 그것을 읽은 검왕의 미간에도 커다란 주름이 생겼다.

"대체 무슨 일이오?"

"무슨 일이기에 그러십니까?"

검왕은 무거운 어조로 짤막히 말했다.

"마교의 선진군이 우리 코앞까지 밀고 들어왔소."

"......!"

무림 명숙들의 입이 쩍 벌어졌다.

◈

"깊이 치고 들어가지 말고 본대와 합류하라고?"

천마로부터의 서신을 읽은 멸살독마가 이맛살을 찌푸렸다.

"천마께서 이런 말씀을 하실 리는 없고, 또 어떤 겁쟁이 놈이 엄살을 부린 모양이군."

그 누구보다도 중원 정벌에 의욕적이었던 천마다. 하물며 기세가 모든 것을 결정하는 서전이라는 걸 생각해 본다면……

"귀도신마, 그놈의 짓인가?"

틀림없었다. 놈이 무언가 수를 써서 천마의 마음을 돌렸을 것이다.

"허나 이상한 일이군. 신마 그놈이 그렇게 언변이 뛰어난 놈은 아닐 텐데."

어쩌면 함부로 천마의 직인을 훔쳐 썼을지도 모르는 일이다. 말재주야 별로일지 몰라도 손재주 하나는 탁월한 놈이니.

"클클, 그럴 테지. 그럴 게야. 어쩌면 놈이 정파 놈들과 내통하고 있는 것일지도 모르지."

안 그래도 귀도신마를 안 좋게 보고 있던 멸살독마였다.

귀도신마가 용검대원을 만났다는 것, 그 용검대원이 강룡단의 무예를 지녔으며 그들과 형제 같았다는 것 등등. 귀도신마와 관련된 모든 사실이 미심쩍기만 한 그였다.

"어쩌면 놈이 정파 놈들에게 매수됐을지도 모르는 일이

지. 암, 그랬기에 그토록 싸움박질 좋아하는 놈이 이번 일에 미적거렸을 테지."

멸살독마는 서신을 구겨서는 주먹으로 꾹 쥐었다. 치이익 하는 소리와 함께 서신이 시체인 양 썩어 문드러져 버렸다.

자리에서 일어난 멸살독마가 명령했다.

"계속 전진한다. 이대로 독기 품은 바람을 몰고 황룡성으로 간다."

"명령에 따르지 않아도 괜찮으시겠습니까?"

멸살독마의 오른팔인 적운수(赤雲手) 비차가 물었다. 멸살독마는 가래 섞인 웃음을 뱉고는 말했다.

"우리들 십마에겐 자유재량권이 있다. 천마님께 직접 듣는 명령을 제외한 모든 상황에서 마음대로 행동할 수 있는 권한이지."

"하오나 그 서신은……."

"이 서신이 천마님 본인의 의지라는 증거는 없지 않느냐? 막말로 귀도신마 그놈이 중간에 수작을 부렸을지 어찌 아누?"

"그렇다면…… 무시하고 가는 겁니까?"

"두 번 말하지 않겠다. 나는 지금 그대로 전진하기로 결정했다."

비차는 더 토를 달지 않았다.

"알겠습니다. 군을 움직이겠습니다."

"음. 그래."

천명의 선봉군이 다시 걷기 시작했다. 멸살독마는 씩 웃고서 동쪽을 응시했다.

이제 황룡성까지는 닷새 거리였다.

"그렇게나 가까이까지 놈들이 접근했단 말인가?"

"……그렇다고 합니다."

제갈현의 목소리는 거의 기어들어 가고 있었다. 참을 수 없는 자괴감 때문이었다.

만통지재라고까지 불리는 그였다. 세상 모든 정보를 손아귀에 쥐고 마음껏 휘두를 수 있는 사람이 바로 그였다.

그랬던 그가 숙적의 접근을 지금까지도 눈치챌 수 없었다.

일련의 사태로 비영대가 큰 타격을 입었다고는 하나, 제갈현에게 있어 크나큰 충격인 것은 변하지 않았다.

그것을 알기에 검왕 역시 그를 책망할 수 없었다.

"어쩔 수 없는 일이었소. 너무 스스로를 몰아붙이지 마시오, 군사."

"알겠습니다, 맹주."

대답은 그렇게 하나 일그러진 표정만은 어쩌지 못하는 제갈현이었다.

더 말해 봐야 무의미할 듯했기에 검왕은 재빨리 화제를 돌렸다.

"적의 규모는 어느 정도요?"

"정확히 파악하진 않았으나 대략 수백에서 천 명에 이르는 것으로 보입니다."

"천 명이라."

"이는 아마도 선봉이나 별동대 정도로 보입니다. 군장이 가볍고 진군 속도 역시 상당히 빠르니 말입니다."

최소한의 식량만을 가지고서 이동 중이라는 것.

"그 말은 곧 본대가 있다는 의미겠군."

"그렇습니다."

무림 명숙들의 표정이 딱딱하게 굳었다.

혈풍대가 전멸했을 때 각오했던 일이다. 그러나 이렇게나 갑작스레 전투에 내몰리게 될 줄이야.

"본대의 규모는?"

"역시나 확인할 수 없었습니다. 그래도 굳이 예측하자면, 못해도 수천일 것으로 추정됩니다."

"만 단위를 넘을 가능성이 높다는 소리군."

"그렇습니다."

많은 숫자다. 그냥 수천도 아니고 마교도 수천이다. 휴전 이전의 마교를 기억하는 무인들은 자연히 치를 떨 수밖에 없었다.

십여 년 전에도 그랬다.

마교는 적은 숫자임에도 압도적인 무위로써 천무맹을 여러 차례 궁지로 몰아넣었었다.

그나마 그들과 견주어 밀리지 않았던 건 용검대를 위시로 한 정예 타격대뿐.

일반 문파의 무인들은 소수의 마교도를 상대하는 데에도 고전해야 했다.

하물며 지금은 길었던 평화에 익숙해진 상태다.

게다가 천무맹의 물갈이가 이제 막 시작되려는 상황. 알고서 그런 것인지는 몰라도, 마교는 최적의 시점에서 허를 찌르고 들어온 셈이었다.

"맹주로서의 업무는 시작부터 거칠기 그지없군."

검왕이 수염을 쓰다듬으며 중얼거렸다. 농담인지 진담인지 알 수 없었던 무림 명숙들이 어색한 표정들을 지었다.

"어떻게 하시겠소?"

남궁운의 물음이었다. 검왕은 그를 똑바로 바라보며 반문했다.

"그대라면 어떻게 했겠는가?"

"지금 축출당한 전 맹주에게 질문하는 것이오이까?"

비웃음 섞인 남궁운의 말.

그러나 검왕은 역시 걸물이었다. 그는 남궁운에게 마주 웃어 보이며 대꾸했다.

"그대의 지혜 정도는 쓸 만할 테니 말이지."

달리 말하면 그 외의 넌 무용지물이란 의미.

남궁운은 입술을 잘근 깨물었다.

'역시 맹주가 된 뒤에도 기분 나쁜 놈이군. 그러나 지금은 이런 자존심 싸움이나 벌일 때가 아니다.'

어느 한쪽은 접어 들어가 줄 수밖에 없다.

그리고 지금 그래야 할 사람은 밀려난 실세인 남궁운이었다.

"서전을 가져가는 쪽이 전세를 취할 수 있을 것이오. 잔재주 부릴 것 없이 최고의 전력으로 마교의 선봉을 분쇄시키는 게 옳을 것이외다."

"본 맹주의 생각과 일치하는군."

빙긋 웃은 검왕이 제갈현을 돌아봤다.

"그렇다면 이에 어울리는 무인들이 있겠는가?"

잠시 생각하던 제갈현이 되물었다.

"느리지만 묵직한 부대를 원하십니까, 가볍지만 빠른 부대를 원하십니까?"

"번개보다도 빠르고 날랜 부대. 마교 본대가 도착하기 전에 선봉군을 꺾어 버릴 수 있을 정도로 빠르고 날카로운 부대!"

"그렇다면 청성과 종남의 힘이 제격일 겁니다."

청성파 대표 윤철과 종남파 대표 염신의 표정이 굳어졌

다. 자신들을 칼받이로 이용하려는가 하는 생각이 들었던 것이다.

그들이 괜한 마음을 품지 않게 검왕이 약속했다.

"최고의 대우를 약속하지. 그대들의 절의(節義)는 천무맹의 가장 높은 곳에서 휘날릴 것이네."

좋은 자리를 약속하겠다는 의미다. 다시 말해 이 기회에 잘 보이면 한자리 꿰찰 수 있다는 것.

두 문파 대표들의 떨떠름하던 표정은 이내 미소로 변했다.

"믿어 주십시오, 맹주!"

"마교 수괴의 목을 당장이라도 갖다 바치리다!"

"음, 믿음직스럽군."

겉으로는 기꺼워하는 검왕이었다. 하지만 그 순간 제갈현은 찝찝함이 어린 전음을 듣고 있었다.

―이 정도만으로 괜찮겠나?

황룡성 내 청성파 무인은 대략 삼백, 종남파 무인은 대략 사백에 정도다.

이를 합쳐 봐야 칠백에 불과하니, 마교 선봉 천 명에 비하면 상당히 부족한 셈이었다.

―나머지는 의용대를 맞으면 될 일입니다.

―의용대?

―새 천무맹을 위해 분연히 일어설 자, 새로운 정파무림

을 위해 한 몸을 바칠 수 있는 자를 모집하는 겁니다. 일,
이천을 모으는 것은 어렵지 않은 일일 테지요.

말이야 그럴 것이다. 어쩌면 제갈현의 예상보다도 많은
무인이 모일지도 모르는 일.

마교와의 휴전, 그 십여 년에 걸친 금제는 수많은 무인들
의 혈기를 억누르고 있었다.

무인은 기본적으로 싸움으로써 스스로를 증명하는 존재
들. 그런 이들이 한창 혈기왕성할 시기에 제 실력을 선보일
수가 없었다.

아마도 전투에 목마른 이들이 한둘이 아닐 터.

의용군 모집은 그런 무인들에게 크나큰 기회가 될 것이
었다.

―하지만 과연 그것만으로 충분할지 모르겠군.

―어느 정도의 타격은 줄 수 있을 겁니다.

―어느 정도?

제갈현은 검왕만이 알 수 있게끔 고개를 살짝 끄덕였다.

―마교도들의 접근이 너무 빠르고 갑작스러웠습니다. 우
선은 시간을 두어 그들의 전력을 파악하는 것이 급선무입니
다.

―음…….

검왕은 제갈현의 말뜻을 단박에 이해했다. 결국 젊은 무
인들로 시간 벌이를 하자는 것.

청성파와 종남파에게 있어도 삼, 사백의 손실은 큰 문제가 되진 않는다.

천무맹에 있어서도 일, 이천 수준의 무인 손실은 충분히 감당할 수 있는 것.

제갈현은 그들로서 일단 선봉의 움직임을 막고, 다음 작전을 생각해 보자고 말하는 것이었다.

"나쁘지 않겠군."

검왕이 나직이 중얼거리고는 좌중을 둘러봤다.

"그럼 영광스런 첫 전투의 주역은 청성과 종남, 두 문파에 맡기도록 하겠소."

"믿어만 주십시오!"

"감사합니다, 맹주!"

두 문파의 대표들이 예를 취해 보였다. 다른 문파의 무인들은 본인들이 선택되지 않은 데에 안타까워했다.

그런 가운데 남궁운 홀로 표정이 구겨져 있었다.

─그들을 희생시키려는 얕은 수작이군. 서전부터 지고 들어갈 셈인가?

─자네의 군사가 떠올린 생각일세.

─이제는 자네의 군사지. 그리고 그런 군사의 생각을 승인하는 것은 자네고.

─그건 그렇군.

미적지근한 검왕의 반응에 남궁운은 고개를 저었다.

─지금이라도 늦지 않았어. 군사에게 말하여 희생 작전을 관두라고 하게. 군사는 뛰어난 지재(知才)지만 갑작스런 상황에 판단력을 상실했네!

─걱정할 것 없네. 이 전쟁은 결국 한 가지 싸움으로 귀결될 테니.

─뭐라고?

─나와 천마.

검왕의 눈빛이 착 가라앉았다.

─둘이 결착을 내면 모든 게 끝나네. 그 외의 싸움은 전부 겉치레에 불과해.

─그 무슨 소리인가? 천마가 아무 생각도 없이 자네 앞에 떡하니 나타날 성싶은가?

─그렇게 될 걸세. 그래야만 할 것이고.

확신하듯 말하는 검왕. 남궁운은 그제야 한 가지 사실을 깨달을 수 있었다.

─군사 혼자가 아니었군. 판단력을 잃은 것은.

어쩐지 예전의 검왕답지 않다고 느꼈었다. 맹주 자리에 오른 검왕에게선 예전의 날카로움이 조금 무뎌진 듯한 느낌이었다.

'도대체 왜?'

잠시 생각해 본 남궁운은 그 이유를 알 것도 같다.

'정천, 그 친구와의 일전 때문이군.'

한없이 패배에 가까운 승리.

정점에 올랐노라 생각했던 검왕에게 있어 이는 엄청난 충격이었을 것이다.

그로 인해 검왕은 초조해하게 됐을 터. 정천에게 거저 받은 맹주의 자리가 아니란 것을 증명하고 싶어 안달이 났으리라.

'그것이 냉정함을 앗아갔을 테고. 정천 그 친구가 이번엔 잘못 생각했군.'

차라리 꺾어 버렸어야 했다.

어설프게 마음을 쓰니 철저하게 짓눌러 굴복시켰어야 했다.

그랬다면 검왕 본인도 만족했을 것이다. 자신보다 높은 경지가 있다는 건, 경악스럽긴 해도 의욕이 생기는 일이었으니.

그러나 결과는 석연찮기만 한 승리.

검왕으로선 냉정을 잃을 수밖에 없는 상황이었다.

'그러나 이미 지나 버린 일이다.'

남궁운은 어쩔 수 없음을 깨달았다.

지금으로선 검왕과 제갈현의 마음을 돌릴 방도가 없었다.

'만일 그들의 마음을 바꿀 사람이 있다면 한 명뿐이겠지.'

남궁운은 열려 있는 창으로 시선을 옮겼다.

'이제 어떻게 할 셈인가, 정천?'

◈

"일단은 뭘 좀 먹고 싶은데."

눈을 뜬 정천이 가장 먼저 꺼낸 말이었다.

"그, 그럼 죽을 먼저 가져다 드릴까요?"

"그거 먹고 기운 차리겠어? 배를 좀 든든히 채울 수 있는 게 필요해."

화연란은 바로 옆의 의원에게 눈짓을 했다. 귀신 보듯 정천을 쳐다보던 의원이 화들짝 놀랐다.

"예, 예?"

"음식을 좀 가져다 달라고 전해 주세요."

"음식이요? 음식 말이지요?"

의원은 말을 더듬거리며 일어났다. 하기야 진료하러 왔는데 환자가 갑자기 벌떡 일어났으니 놀랄 만도 했으리라.

허둥지둥 의원이 방을 나서자 화연란이 정천을 돌아봤다.

"몸은 좀 괜찮으세요?"

"괜찮고 자시고 할 것도 없지. 그냥 내력만 고갈되었던 것뿐이니까."

"하지만 오라버니는……."

화연란은 언젠가 들었던 말을 떠올렸다. 운기조식을 취

하려 할 때마다 악몽이 정천을 음습한다던 말을.

평범한 잠이라 해서 다를 건 없으리라.

정천은 그녀의 반응에 안심하라는 듯 웃었다.

"이번엔 아무것도 나타나지 않았어. 녀석들도 이젠 지친 건지 모르겠군."

정말 그럴까? 화연란은 정말이냐고 묻고 싶었으나 관두었다.

마침 백미련이 방으로 들어서고 있기도 했고.

"깨어났군. 왜 그때 유극태를 베지 않았지?"

곧바로 본론인가. 정천은 어깨를 으쓱했다.

"베었다간 뒷일을 수습할 수 없었을 테니까. 추종자만 수천이 넘어가는 인물을 멋대로 죽이라고?"

"힘을 조절해 무력화시키기만 했어도 됐을 텐데?"

"멸천은 나도 제어할 수 없어."

멸천. 참 단순하고도 광오한 이름이다.

백미련은 그 이름을 몇 차례 입속으로 곱씹어 보았다.

"그게 그대가 자랑하는 절초의 이름인가 보군."

"멸천은 초식이 아니야."

"그런가. 본후가 본 것이 잘못된 게 아니었군."

백미련은 화연란의 옆에 앉았다.

"내력……이라고 할 수나 있을까 싶은 힘을 모조리 쏟아 부어 전력으로 베어 버린다. 필요한 것은 오로지 힘뿐이니

기술과 재주가 들어갈 자리는 없을 테지. 하지만 너무 위험해."

"그건 나도 알아."

정천이 퉁명스럽게 대꾸했다.

정신을 잃을 정도로 내력을 소모해 버렸다. 황룡회가 비무회였기에 망정이지, 실전이었다면 목숨을 내놓은 거나 다름없었다.

'아니, 그렇지도 않아.'

황룡회를 안전하다고 볼 수도 없다. 누군가가 급습할 가능성이 전혀 없진 않았던 것이다.

"그대는 죽을 수도 있었어."

백미련이 책망하듯 말했다.

"마라혈천이 이미 황룡성 내를 활보하고 있어. 그들이 황룡회를 급습했더라도 이상할 게 없었지. 하물며 정신을 잃은 그대 정도를 해치울 방법이 없었을까?"

"방법이야 무궁무진했겠지."

대수롭잖은 정천의 반응에 백미련이 혀를 찼다.

"위기의식이 너무 없군. 아니면 죽어도 좋다는 생각이었나?"

"그런 건 아니야. 하지만 믿는 구석이 있었지."

"믿는 구석?"

"놈들이 나타났다면 네가 날 지키려 했을 것 아닌가?"

백미련의 눈동자가 가늘게 흔들렸다.

"상황에 따라…… 달랐겠지. 그들의 급습 규모가 작았다면 본후는 그대를 지켰을 거다. 하지만 감당할 수 없는 수준이었다면 그대를 버리고 자리를 떠났을 거야."

"그런가? 사실 너한테 별반 대단한 걸 기대하지도 않았어."

"따로 믿는 구석이 있었나?"

"굳이 말하자면 놈들의 방식을 믿었지. 대놓고 나타나지 않으며, 항상 배후에서 움직이려 하는 방식을."

마라혈천이 황룡회를 급습했다면 필연적으로 자신들의 존재를 드러내게 됐으리라. 하지만 아직은 그럴 때가 아니란 게 정천의 생각이었다.

"내 생각대로라면 마교의 움직임 역시 놈들의 계획 안에 들어 있어."

"마교?"

"그래. 아마 십 년 전부터 계획해 왔겠지."

혈선에게 있어 마교는 적도 아니고 동지도 아니다. 그저 이용하기 위한 대상에 지나지 않을 뿐.

'마치 우리들이 그랬던 것처럼.'

그렇다면 자신들이 나서는 것은 최후의 최후가 될 것이었다. 수순상 당연히 마교의 움직임이 먼저 있게 될 터.

"그리고 놈들은 지금쯤 움직이고 있을 거야."

"놈들이라면 마교 말인가?"

"그래."

백미련과 화연란이 반신반의하고 있을 때였다.

드르륵 문이 열리며 곰 같은 거한이 들어섰다.

"얘기 들었나!"

붕대를 온몸에 칭칭 감은 장유추였다. 아직 핏자국이 드문드문 남은 걸로 보아 완치되지도 않았는데 일어난 모양이었다.

그 모습을 본 정천이 헛웃음을 지었다.

"꼴이 말이 아니시군요."

"흥. 이쯤이야."

가볍게 코웃음 친 장유추가 고개를 설레설레 저었다.

"아니, 아니지. 이런 얘기나 하려는 게 아닐세. 자네 들었는가?"

"쩌렁쩌렁한 선배 목소리라면 지금도 듣고 있습니다."

"그게 아니야. 놈들이 들이닥치고 있단 말일세."

백미련과 화연란이 설마 하는 표정을 지었다. 반면 정천의 표정은 담담했다.

"마교입니까?"

"그래!"

장유추가 사나운 미소를 그렸다.

"아마 그놈도 오고 있을 테지. 빌어먹을 칼 도둑놈!"

"귀도신마 말이군요. 놈들의 병력 구성은 어떻게 되어 있답니까?"

"응? 어, 그것은 듣지 못했네만."

아마 마교가 온다는 얘기만 듣고는 신이 나서 뛰쳐나왔으리라. 정천은 나직이 한숨을 쉬었다.

"뭐, 자세한 얘기야 가서 들으면 되겠지."

"오라버니? 가서 듣는다니요?"

"지금쯤 높으신 분들이 다들 모여 있을 테니까."

정천이 끙 하고 자리에서 일어났다. 평소의 그와 달리 휘청거리는 움직임이었다.

그를 부축한 화연란이 말했다.

"쉬셔야 해요. 깨어난 지 얼마 되지도 않았잖아요."

"그러다가 회의가 끝나 버리겠지. 꼭지가 돈 검왕이 무슨 실수를 할지도 모르고."

"실수라고? 설마 유극태 그 인간이 실수를 할 거라는 말인가?"

장유추가 말도 안 된다는 얼굴을 했다. 그러나 정천의 생각은 확고했다.

"저와의 일전으로 자존심에 큰 타격을 입었을 겁니다. 하물며 그 아픔이 가시기 전에 마교 출진의 소식을 들었습니다. 냉정을 잃는다고 해도 이상할 건 없겠죠."

"그를 꺾었어야 했어."

백미련의 말에 정천은 고개를 저었다.

"그랬다면 앞으로 귀찮아졌을 거야. 멸천 없이 꺾는 건 거의 불가능하기도 했고."

"다른 초식들로 내공을 상쇄시켰으면 됐잖아? 시간은 그대의 편이었을 텐데?"

검왕이라 해도 정천만큼의 내공을 지니진 못했다. 비슷한 초식으로 힘을 소모해 갔다면 정천이 승리했을 것이다.

하지만 정천은 이번에도 고개를 저었다.

"시간이 얼마가 걸렸든 결국은 이렇게 됐을 거야. 검왕의 절초는 무한아가 끝이 아니었을 테니."

"끝이 아니라고?"

자연검의 힘을 모조리 끌어낸 궁극의 초식 무한아. 초식의 한계마저 넘어선 그것이 검왕의 모든 것이 아니란 말인가?

"뭐, 내 추측일 뿐이지만."

정천은 부축을 받은 채 걸음을 옮겼다.

때마침 하인들이 수라상 같은 요리상을 들고 오고 있었다. 정천은 거기서 닭다리 하나만 뜯은 채 걸음을 떼었다.

"나머진 거기 남겨 둬. 돌아와서 먹게."

정천은 회의장을 향해 걸어갔다. 화연란이 그를 부축했고 장유추와 백미련이 뒤를 따랐다.

마침 회의장 안에선 이런저런 얘기가 들려오고 있었다.

귀를 종긋 세운 장유추가 쯧 하고 혀를 찼다.

"첫 번째 패로 종남과 청성을 내밀 생각인가? 나쁘진 않
지만 그것만으로는 부족할 텐데."

"일단은 적의 전력을 탐색하려는 모양이군."

백미련 역시 탐탁찮은 표정이었다. 신생 천무맹의 대응
이 너무 미적지근한 느낌이었기 때문이다.

"뭐, 전술이야 언제든 바뀔 수 있으니까."

나직이 중얼거린 정천이 회의장의 문을 밀고 들어갔다.

"……!"

"음!"

정천을 발견한 무림 명숙들이 놀란 얼굴을 했다. 그중에
서도 특히나 놀란 인물은 단연코 검왕이었다.

"벌써 깨어났는가?"

검왕의 물음에 정천이 웃었다.

"약간 피로한 정도였으니까요."

"하지만 그 짧은 시간 동안 내력을 회복하진 못했을 터
인데?"

"그건 그렇습니다. 사실 지금도 간신히 걸을 수 있을 정
도입니다."

검왕의 눈에 미묘한 빛이 스쳤다.

"그냥 푹 쉬지 그랬는가?"

"마교도가 온다는 얘기에 마냥 누워 있을 수가 없더군요."

청성파 대표 윤철의 표정이 굳었다.

"공을 세우고픈 마음을 알겠지만 이미 늦으셨소. 서전은 우리 청성과 종남이 함께하기로 했으니."

"그렇소."

염신이 맞장구를 쳤다.

정천은 그들을 힐끔 쳐다보기만 한 후 검왕에게 시선을 돌렸다.

"시체로 마교를 환영할 생각입니까?"

"뭐라고?"

"그 무슨 건방진 소리냐!"

윤철과 염신이 발끈했다. 그럼에도 정천의 표정엔 한 점 흔들림이 없었다.

당돌한 물음에 검왕의 표정이 살짝 굳었다.

"청성과 종남은 정파무림에서도 수위에 꼽히는 검문(劍門)들일세. 지금 그들의 검을 무시하려는 것인가?"

"그들이 용검대보다 강합니까?"

검왕의 입이 닫혔다. 그뿐 아니라 회의장의 모든 이들이 입을 다물었다.

정천은 거기서 멈추지 않았다.

"혹은 그들이 혈풍대보다 강합니까? 그렇노라고 확신할 수 있습니다."

"무슨 말을 하고 싶은 건가?"

"저는 십 년 전, 용검대의 조장으로서 그들과 검을 맞댔었습니다. 승리할 때도 있고 패배할 때도 있었지만 언제나 한 가지는 동일했습니다."

"그게 뭔가?"

"놈들이 사자(獅子)라는 것."

좌중에 침묵이 감돌았다. 정천은 그들 하나하나를 노려보듯 둘러봤다.

"전투 규모가 크든 작든 놈들은 언제나 전력을 다합니다. 선봉군이라 해도 본대와 다르다고 생각한다면 오산입니다."

"으음."

"이미 놈들은 혈풍대를 궤멸시켰습니다. 이번이라고 다를 건 없습니다. 탐색전이란 가벼운 생각으로 맞섰다간 시체만 쌓게 될 겁니다."

검왕의 미간에 깊은 골이 파였다.

윤철과 염신은 정천을 노려보면서도 별다른 말을 꺼내지 못했다.

"그래, 그렇다면 자네는 어쨌으면 좋겠다는 건가?"

검왕의 물음에 정천은 제갈현을 돌아봤다.

"선봉대의 병력 규모가 어떻게 됩니까?"

"대략 천여 명으로 추산하고 있네."

정천은 검왕을 똑바로 응시했다.

"최소 오천 명 이상의 무인들로 맞서야 합니다. 더불어

수적 우위를 앞세워 포위 공격을 펼쳐야 합니다."

무림 명숙들이 하나 같이 입을 쩍 벌렸다.

"오천이라고?"

"고작 일천의 적에 맞서 다섯 배의 병력을 동원하란 말인가?"

무인 오천 명이면 천무맹이 당장 동원 가능한 전력의 일할이다. 그 숫자를 고작 선봉대에 쏟아부으라니 이들이 반발할 수밖에.

"웃기는 소리!"

"숫자로 놈들을 뭉갰다간 승리하더라도 웃음거리가 될 것이다!"

윤철과 염신이 소리쳤다. 그 순간 그들은 싸늘한 정천의 시선을 마주해야 했다.

"시체가 되어 썩어 문드러지는 것보단 웃음거리가 되는 편이 낫소."

"크윽……."

"네놈은 비슷한 숫자로 마교의 강룡단과 맞섰으면서, 우리더러는 숫자로 찍어 누르라고 말하는 것이냐?"

"우리야 놈들과 실력이 비등했으니까."

"그렇다면 우리는 아니란 말이냐?"

"당연한 걸 묻는군."

윤철과 염신, 두 사람뿐 아니라 모든 무림 명숙들이 정천을 노려봤다. 살기만으로 정천을 수십 번 난자하고도 남을 기세였다.

화연란이 불안한 눈으로 정천을 보았다. 백미련은 피식 웃으며 중얼거렸다.

"스스로 적을 만드는군. 그게 그대답기는 하지만."

장유추는 그저 팔짱만 낀 채 묵묵히 있을 뿐이었다. 이성적으로는 정천에게 동조하나 심정적으로는 다른 무인들도 이해가 되는 그였다.

'인정할 수 없겠지. 동수의 전투에선 자신들이 마교의 상대가 될 수 없다는 것을.'

그러나 그것은 현실이다. 그 사실은 지난번 팔을 잃었을 때 뼈저리게 느꼈다.

이제 와 생각해 보면, 용검대는 정말 초월적인 수준의 타격대였다.

'화룬패, 자네가 여기 있었다면……'

분위기는 갈수록 험악해지고 있었다.

무림 명숙들에게 있어 정천은 어디서 갑자기 튀어나온 모난 돌에 지나지 않았다.

그런 주제에 자신들의 치부를 건드니 인정하기에 앞서 화가 날 수밖에 없었다.

그때 검왕이 손을 들어 올렸다. 순간적으로 좌중이 조용해졌다.

"그러니까, 오천의 무인들을 동원해 마교 선봉대에 맞서야 한다는 말인가?"

"그렇습니다."

검왕은 말없이 정천을 노려봤다. 그의 눈빛은 마교의 일이 아니라 다른 것에 대해 말하고 싶어 하는 듯했다.

이윽고 그의 입이 열렸다.

"자네의 의견은 받아들이지 않겠네."

"……."

정천은 이를 악물었다. 얘기가 쉽게 쉽게 풀리진 않으리라 생각했지만…….

"이유가 있습니까?"

"맹주로서의 결정일세."

"그렇게 결정한 이유가 있을 것 아닙니까?"

"그것을 자네에게 말할 의무는 없겠지."

정천은 맥이 탁 풀리는 기분이었다. 결국은 아무 이유도 없다는 소리 아닌가.

검왕은 이제 아예 정천의 시선을 무시하고 있었다.

"자네 마음대로 천무맹을 주무르고 싶었다면 맹주직에 오르면 될 일이었네. 하지만 자넨 그러지 못했지. 그렇다면 본좌에게 이래라 저래라 할 권리도 없는 것이네."

'결국은 이렇게 되는 건가.'

백미련이 우려하고 정천 자신도 불안해하던 일이 벌어졌다.

'이럴 줄 알았다면 차라리 그의 숨통을 끊어 버리는 편이 나았을까?'

그러나 그랬다면 더 큰 혼란이 벌어졌으리라.

아무 배경도 권력도 없는 정천이 맹주가 되었다면, 가장 먼저 일어날 일은 암살 기도와 반란일 테니까.

어쩔 수 없는 결과였다. 그래도 최악은 아니란 것에 위안을 가질 수밖에.

'최소한 천무맹이 내부 분열되지는 않겠지.'

차라리 힘을 숨기고 맥없이 패배할 걸 그랬다는 생각도 들었다.

물론 이미 늦어 버린 일이었다.

"알겠습니다."

정천은 더 설득하기를 포기했다. 어차피 방법이 아주 없는 것도 아니었다.

"그럼……."

검왕은 좌중을 돌아봤다.

"더 이상의 이의는 없는 걸로 알겠소."

第七章

토끼몰이

"그대가 실수한 거야."

"시끄러워."

퉁명스러운 정천의 반응에 백미련이 싱긋 웃었다.

"하지만 아직 끝난 건 아니지. 그대도 그리 생각하고 있겠지?"

"글쎄."

이번엔 시큰둥한 반응. 그것이 긍정의 뜻임을 모를 백미련이 아니었다.

"어쩌면 그대가 일부러 검왕을 도발한 걸지도 모르겠어."

"무슨 소리야?"

"그렇지 않아? 그대 정도의 재원을 아무 요직에도 앉히지 않았잖아."

황룡회에서 두각을 보인 이들은 모두 한자리씩을 꿰찼다. 하물며 전대 맹주였던 남궁운조차 상당한 요직에 앉았다.

그러한 인사관리에서 제외된 것은 세 사람뿐.

정천과 장유추, 그리고 요태희였다.

요태희야 장기간 싸울 수 없는 몸 상태이니 그렇다 쳐도, 정천과 장유추의 경우는 누가 봐도 검왕의 눈 밖에 난 것이었다.

정작 본인들은 그게 더 좋았지만 말이다.

"이제부턴 어떻게 할 거지?"

백미련이 물었다.

"결국 청성파와 종남파가 선봉을 맡게 됐어. 듣기로는 거기에 더하여 의용대를 추가로 모집한다던데."

정천은 반응하지 않았다. 백미련은 여전히 재미있다는 눈치였다.

"그들이 죽도록 내버려 둘 건가?"

"나와는 관계없는 이들이야. 죽든 살든 본인들의 팔자소관이지."

"그럴지도. 그렇다면 그대는 혈선을 상대하는 데에만 집중할 생각이겠군?"

정천은 대답하지 않았다.

죽게 될 이들에게 동정심이 생긴 것은 아니었다. 정천은 그들의 생사엔 정말로 아무런 관심도 흥미도 없었다.

다만 한 가지 마음에 걸리는 게 있었다.

'마교를 불러들인 것은 혈선들의 의도일 것이다. 그런데 그들은 대체 왜 마교를 불러들인 거지?'

혈선들의 목적.

정천이 알고자 하는 것은 오직 그것뿐이었다.

문제는 그것을 알 만한 자가 누구냐 하는 것이었다.

"백미련."

정천이 백미련을 돌아봤다.

"혹시 금역 내부로 날 안내해 줄 수 있겠어?"

"……그대, 제정신이 아니군."

백미련이 상앗빛 미간을 찡그렸다.

"단도직입적으로 말하지. 그대는 혈선들의 상대가 되지 않아."

"멸천으로도 부족하다는 건가?"

"말하지 않았던가? 사기적으로 강한 힘을 지니긴 했어도 오직 그뿐이야. 그 일격만으로 여덟 명이나 되는 혈선들을 모조리 해치울 수 있다고 확신하나?"

아마도 불가능할 것이다.

애초에 멸천은 최후의 최후까지 아껴야 하는, 이를테면 죽음을 각오한 절기였으니까.

성공한다고 쳐도 목숨이 경각에 걸리고 실패할 경우엔 필연적으로 죽는다.

그것으로 혈선들을 상대할 순 없었다.

"혹은 그에 필적하는 검격이 따로 있나? 미안하지만 그대가 보여준 초식들로는 혈선들을 상대할 수 없어. 그들 개개인이 검왕을 능가하는 무위를 지녔으니까."

"……."

"따라서 금역으로 그대를 안내할 순 없어. 애초에 혈선들만이 문제가 아니라, 그대 홀로는 마라혈천 전부를 당해낼 수도 없을 거야."

결국 대규모의 전력이 필요하다는 소리. 그러나 그 전력은 지금 마교와의 전투를 앞두고 있다.

"이쪽에선 놈들의 움직임만을 주시하며 벌벌 떨어야 한다는 건가?"

"선택권이 그들에게 있다는 건 확실하지."

문제였다.

지난번 천연살과 살마괴의 말마따나 공격을 하고 말고는 그쪽이 선택할 사안이었다.

정천 측에선 그저 그로 인한 결과에 대응하는 게 전부. 치고 들어간다는 것은 생각할 수도 없었다.

'답답하군.'

정천은 내심 쓴맛을 느꼈다.

진마동에서 생환하며 많은 것을 짊어지게 됐다. 그중 가장 큰 것은 물론 동료들의 복수라는 짐이었다.

하지만 덜어 놓은 것들도 몇 가지 있었다. 그중 가장 큰 것은 무력감이었다.

정천은 떨어지는 햇살을, 십 년 만에 보게 된 하늘을 응시하며 생각했다. 저 아래에선 그 누구도 자신을 넘어서지 못할 것이라고.

자신이야말로 정점에 선 무사라고.

그러나 아니었다. 내력이란 면에선 정천에게 필적하지 못할지언정, 다른 방식으로 그를 위협하는 이들이 상당히 많았다.

그리고 백미련의 말에 따르면, 혈선들은 하나하나가 정천에 필적했다.

'그렇다면 내가 더 강해져야 한다.'

그러나 그럴 방법이 있을까?

'분명 있을 거다.'

정천은 멸천에 그 답이 있을 거라 보았다.

멸천의 개념 자체는 나락 밑바닥의 마룡에게서 따 왔다. 정확히는 그 마룡이 내뿜던 어마어마한 죽음의 숨결에서.

세상 어떤 것이든 무로 되돌릴 수 있을 것만 같던 숨결. 그것 앞에선 어떠한 호신강기노 통용되지 않았다.

그 숨결을 검격으로 변환시킨 게 멸천이었다.

'하지만 아직 불완전하다.'

정천은 그렇게 확신했다.

'쓸데없는 힘의 손실이 너무나 많아. 그저 내력을 끌어 올리는 데에만 집중해서 그래.'

사실 이는 힘의 제어가 순탄치 않은 면이 컸다. 너무나 거대한 규모의 기운이다 보니 달리 운용할 여지가 없었던 것이다.

그저 검에 실어 휘두르기에만 급급할 따름.

그러한 문제점을 고쳐야 했다.

'하지만 어떻게?'

정천은 다시금 벽에 막히는 기분을 느꼈다. 한동안은 느껴 본 적이 없었던 막막함이었다.

"한 명이 있긴 해."

"뭐라고?"

정천이 백미련을 돌아봤다. 백미련은 그런 정천을 흘겨 보았다.

"본후가 말하는 걸 듣지 못했군."

"잠깐 다른 생각을 하고 있었어. 조금 전에 뭐라고 했 지?"

"혈선들에 대해 알 법한 사람이 있다고 했어."

정천의 눈매가 가늘어졌다.

"너나 마라혈천을 제외하고 말인가?"

"그래."

장로들을 말하는 것은 아니리라. 애초에 그들조차도 지금 정천이 아는 만큼은 알지 못했고.

"그럼 누구를 얘기하는 거지?"

"아마도 직접 혈선들과 대면해 보았을 인물."

"그게 누군데?"

백미련은 곧장 대답하지 않고 말을 돌렸다.

"십여 년 전, 마교의 철절삼마와 당시 맹주 남궁운은 중마산에서 대면했었지. 그리고 비슷한 시각, 홀로 황룡성에 침투해 팔부혈선을 만났던 인물이 있어."

"마교의…… 인물인가?"

백미련은 고개를 끄덕였다. 정천은 굳이 듣지 않더라도 그게 누구인지 알 것 같았다.

홀연히 황룡성에 침입하여 금역까지 깨고 들어갈 수 있는 인물.

그럼에도 어떠한 기록이나 흔적조차 남기지 않을 수 있는 존재.

독보적이다 못해 초월적인 무위를 지닌 무인.

"천마."

◈

"천마가 오고 있소."

어둠 속에서 장로들의 눈빛이 빛났다.

"마교의 정예 병력을 이끌고서 오고 있다고 하오. 그 선봉군은 아마도 멸살독마인 것 같소."

아직 비영대조차 접수하지 못한 정보를 알고 있는 그들이었다. 애초부터 마교와 내통하고 있었기에 가능한 일이었다.

혈풍대의 정보를 뿌려 그들을 궤멸로 몰아넣은 것도 이들이었다.

물론 그 배후엔 팔부혈선이 있었지만 말이다.

"혈선들께선 뭐라고 하시오?"

"별다른 말씀은 없소."

"새 맹주 검왕의 동태는?"

"우리를 경계하고 있는 것 같더군."

그들이 팔부혈선의 끄나풀이란 것은 이제 공공연한 비밀이었다.

대외적으로는 알려지지 않았으나 요직에 있는 이들은 모두 알고 있는.

최소한 검왕 본인과 군사 제갈현, 전대 맹주 남궁운과 비영대주 비목은 알고 있었다.

그럼에도 장로들은 크게 걱정하지 않았다. 그 이유는 크게 세 가지였다.

우선은 현재 상황.

검왕은 당장 코앞에 들이닥친 마교에 신경 쓸 수밖에 없다.

장로들이 거슬린다 하더라도 일단은 내버려 둬야만 했다. 고작 그뿐이겠는가? 도리어 장로들에게 손을 벌려도 모자랄 처지다.

두 번째 이유는 정당성.

그들이 혈선들의 수하라 해도 그 사실이 의미하는 바를 아는 이는 실로 극소수였다.

애초에 혈선이 무엇인지조차 모르는 이들이 대부분, 개중엔 혈선 본인들이 몰래 심어 놓은 수하들도 존재했다.

하물며 장로들을 해코지할 정당성 따위는 어디에도 없었다.

그리고 마지막 이유는……

"그대들이 있기 때문일 테지."

장로들은 웃는 낯으로 한쪽을 바라봤다. 천연살과 살마괴가 그곳에 있었다.

"정말 천군만마를 곁에 둔 기분이오. 안 그래도 요즘 워낙 위험한 일들이 많다 보니 말이오."

호상장로 유군광을 시작으로 상당수의 장로들이 목숨을 잃었다.

그들을 죽인 작자야말로 검왕이나 제갈현보다도 두려운

인물이었다.

그러나 이젠 더 무서워할 이유가 없었다. 혈선이 길러 낸 최강의 살수들, 마라혈천이 그들 곁에 배치되었으니 말이다.

천연살은 히죽거리며 웃고 있었다.

그는 장로들을 한차례 둘러보고는 입을 열었다.

"모두 모인 건가?"

"그렇소이다. 언제 습격을 당할지 모르니 모두들 집합시켰다오."

안 그래도 비바람을 피하는 양 비밀 장소로 대피해 온 그들이었다.

가져온 것은 오로지 몸뚱이뿐. 금은보화도 절세미녀도 버리고 왔다. 어차피 그것들이 어디 가지도 않을 테니 말이다.

지금은 폭풍전야다. 바깥에선 언제 폭풍이 몰아칠지 모르는 상황이었다.

마교가 불러온 폭풍 말이다.

'그리고 우리는……'

'폭풍이 지나치기만을 기다린다.'

폭풍은 그리 길지 않을 것이다. 그러나 강력하기 그지없어, 천무맹의 마교의 모든 것을 송두리째 흔들어 놓을 것이다.

그들은 그저 그 뒤에 나서면 되는 일이었다.

폭풍에 휩쓸려 엉망이 된 세상을 다시 주무르면 되는 것이었다.

"똑똑하군, 당신들."

천연살이 싱글거리며 살마괴를 돌아봤다.

"하지만 동시에 어리석어."

"음?"

"뭐라 하셨소?"

"간단하다."

살마괴가 무뚝뚝하게 대꾸했다.

"그대들의 이용가치는 여기까지라는 것."

"그게 무슨……?"

장로들의 얼굴이 하얗게 질렸다. 살마괴가 말하는 바를 본능적으로 깨달았던 것이다.

"서, 설마!"

"설마가 사람 잡는다지? 미안하지만 팔부혈선께선 쓸모 없는 짐 더미를 싫어하시거든."

천연살이 탐욕스럽게 혀를 날름거렸다.

"애초에 혈선의 존재는 조금 더 오랫동안 비밀 속에 있었어야 했어. 하지만 정천이란 놈 때문에 생각보다 빨리 알려지게 됐지. 너희들 장로들이 발설해 버린 덕분에 말이야."

"그, 그것은……!"

"우리의 잘못이 아니잖소!"

"누구의 잘못이든 의미는 없어. 중요한 건 너희가 더 이
상 그분들에게 필요하지 않다는 거지."

살마괴가 말을 받았다.

"그러니 여기서 죽어야겠다."

"개소리!"

장로들이 즉각 반발했다. 마라혈천에 비할 바는 아니라
지만 그들 모두는 중원에서도 손꼽히는 고수였다.

"개 같은 혈선 놈들! 간도 쓸개도 다 바쳐서 충성해 온
대가가 이것이란 말이냐!"

"응."

순순히 대답하는 천연살의 천덕스러움에 장로들은 할 말
을 잃었다. 그러나 이내 정신을 차리고는 각자의 병기를 꺼
내 들었다.

"간단히 죽지는 않는다!"

"잘난 마라혈천이라 해도 너희는 고작 둘! 우리 모두를
당해 낼 순 없다!"

천연살이 푸핫 웃음을 터트리고는 살마괴를 돌아봤다.

"저렇게 말하는데, 네 생각은 어때?"

"생각하고 자시고 할 게 있나."

살마괴의 입에서 흉소(凶笑)가 걸렸다.

"입으로는 뭔들 떠들지 못할까?"

"크으, 죽어랏!"

장로들이 땅을 박찼다.

그들은 우선 겉보기에 더 약해 보이는 천연살을 노렸다. 어쨌든 하나를 빨리 제거한 후 협공을 펼칠 생각이었다.

"그런데 말이지. 그것 아나?"

천연실이 웃으며 말했다.

"우리가 너희를 여기로 불렀다는 것."

덜컥! 덜컥!

사방에서 무언가가 걸리는 소리가 났다. 장로들은 어둠 속에서 자신들을 얽매는 무언가가 있음을 느꼈다.

"더, 덫인가?"

그러나 아니었다. 안력을 돋워도 보이지 않고 검으로 후려쳐도 허공만을 갈랐다.

그곳에 존재하지 않으면서도 그들을 구속하는 힘.

천연살의 눈매가 가늘어졌다.

"주망살진(蛛網殺陳)에 들어온 것을 환영한다."

"살진이라고!"

장로들이 경악했다. 이런 게 장치되어 있음을 어찌 미리 깨닫지 못했단 말인가?

"스스로를 책망하진 말라고. 너희가 죽었다 깨어나도 이 몸의 살진을 간파하는 건 불가능하니까 말이야."

천연살은 만족스럽게 웃고는 살마괴를 돌아봤다.

"다 썰어 버려."

"그럴 생각이다."

살마괴가 뚜벅뚜벅 걸음을 옮겼다. 이윽고 그의 손이 가볍게 허공에 떨쳐졌다.

파팍! 팍!

가장 가까이 있던 장로들의 목이 하늘로 치솟았다. 경쾌하게까지 느껴지는 검격이었다.

"으으으……!"

"으아아!"

살진에 구속된 장로들이 버둥거리기 시작했다. 그래 봐야 몸을 부르르 떠는 정도에 그쳤지만.

주망살진.

이름 그대로 거미줄처럼 먹이를 붙들어 버리는 무서운 살진이었다.

'파훼법이 아예 없는 건 아니지만, 저 멍청이들이 죽기 전에 알아내는 건 불가능하겠지.'

실제로 살마괴는 지금 파훼법에 따라 걷고 있었다. 그렇기에 주망살진의 주박에 걸리지 않고 있는 것이었고.

물론 공포에 빠진 장로들이 그 사실을 알 리는 없었다.

"살려 줘, 살려 주시오! 목숨만 건져 주신다면 억만금을 드리겠소!"

"내가 더 드리리다! 날 살려 주시오!"

"아무에게도 혈선에 대해 얘기하지 않으리다. 아예 황룡성을 떠나 숨어 살겠소. 제발!"

"에구, 시끄럽군."

천연살은 두 귀를 손가락으로 막았다.

"빨리 처리해 버리라고 살마괴."

"음."

살마괴는 대수롭지 않은 태도로 검을 떨쳤다. 또다시 장로들의 머리가 잘려 나갔다.

팍! 파팍! 팍!

"으아, 아, 안 돼!"

"죽고 싶지 않아!"

장로들의 비명 소리가 한동안 어둠을 두들겼다. 그 소리는 시간이 지나면서 차츰 줄어들었고, 반 각 후엔 완전히 사라졌다.

스르릉.

요검을 꽂아 넣은 살마괴가 말했다.

"끝났군."

"흐, 너무 싱거운데."

확실히 천연살의 말마따나 허무한 임무였다. 그래도 상낭한 고수인 상로들이 손 한 번 쓰시 못하고 선멸해 버리나니.

'천연살의 살진이 없었다면 꽤나 시간이 걸렸겠지만.'

아마 혼자였다면 못 해도 반 시진은 잡아먹었으리라. 종국엔 모든 장로의 목을 치긴 했겠지만.

그만큼 천연살의 살진은 강력했다.

"이제 남은 일은 하나뿐이군."

손뼉을 짝짝 친 천연살이 말했다.

"마교 놈들이 얼마나 날뛰어 주느냐는 것."

◈

"피 냄새가 나는 듯도 싶구먼."

코를 벌름거리던 멸살독마가 기분 좋게 웃었다.

물론 피 냄새가 난다는 건 그의 생각일 뿐이었다. 그들이 있는 곳은 평범한 평야에 지나지 않았으니까.

하지만 아주 틀린 말도 아니었다. 이제 곧 피 냄새가 사위를 물들이게 될 것도 분명했기에.

"놈들은 어디쯤이라더냐?"

"이십 리 거리까지 접근한 모양입니다."

놈들이란 물론 천무맹 측 선봉군을 뜻했다.

"그 규모는?"

"두 갈래로 나뉘어 오는 병력이 각각 삼사백, 그 뒤를 따르는 무리가 이천을 조금 넘습니다."

"잉?"

멸살독마가 잘못 들었나 하는 표정을 지었다.

"정말이냐? 네놈이 빼먹은 건 아니고?"

"그럴 리가 있겠습니까?"

적운수 비차가 억울한 표정을 지었다. 멸살독마는 주름 가득한 얼굴을 찌푸렸다.

"그렇다면 이놈들이 우리를 우습게 봤다는 소리렸다."

그의 나이가 올해로 여든을 훌쩍 넘었다.

십여 년 전의 대전을 기억하고 있을 뿐 아니라, 그 이전의 기나긴 혈전의 역사 역시 생생히 기억하고 있다는 의미였다.

그리고 그 기간 내내, 마교 무인들은 단 한 차례도 동수의 정파 무인들에게 패한 적이 없었다.

'아니, 아예 없지는 않구먼.'

유일한 예외가 있긴 했다. 정파 역사상 최강의 타격대로 불렸던 용검대가 그러했다.

그러나 그 외엔 한 차례의 예외도 없었다.

못해도 네다섯 배. 그 정도가 마교와 정파가 동률을 이루는 전력 비율이었다.

'하물며 나의 독마대라면 말할 것도 없거늘!'

고작 두 배 조금 넘는 병력으로 맞이하려 든다. 이건 숫제 자신을 무시하는 처사나 다름없었다.

"끄응, 아무래도 안 되겠구나."

멸살독마가 문자 그대로 독이 오른 얼굴로 일어났다.

"가자꾸나. 여기서 놈들을 맞으려 했으나 생각이 바뀌었다."

"독마님?"

"단번에 그 겁도 없는 애송이들을 처부순다. 그 기세를 몰아 천무맹까지 달려 보자꾸나."

비차는 이번엔 반대하지 않았다. 그 역시 내심 기분이 상해 있던 차였다.

"선제공격은 이 비차에게 맡겨 주십시오."

"그럴 수야 없지! 이 몸이 아니고 누가 전투를 시작하겠느냐?"

멸살독마가 신이 난 듯 몸을 날렸다. 그것을 신호로 비차를 비롯한 독마대가 전진하기 시작했다.

"클클, 이십 리 거리라고 했겠다?"

멸살독마가 속도를 끌어올렸다. 철절삼마의 위용에 걸맞은 엄청난 경공술이 펼쳐졌다.

츠츠츠츠.

그러한 가운데 멸살독마의 두 손아귀가 보랏빛으로 물들었다. 혈산독무의 기운이 손아귀에 어린 것이었다.

얼마 되지 않아 이십 리 거리를 주파한 멸살독마.

그의 눈에 전진해 오는 천무맹 무인들이 보였다.

"클클, 거기 있었느냐!"

파핫!

멸살독마의 우수가 떨쳐진 순간 벌 떼와 같은 보랏빛 기운이 천무맹 무인들에게 쇄도했다.

혈산독무가 그들을 스쳐 지나갔다. 워낙 빠른지라 방비할 수도 없었다.

"커억!"

가장 앞에 있던 무인이 눈과 코와 귀와 입으로 피를 쏟으며 쓰러졌다. 그제야 천무맹 무인들은 화들짝 놀랐다.

"적습이다!"

"방어 태세를…… 커억!"

앞쪽에 있던 무인들이 같은 식으로 피를 쏟으며 쓰러졌다. 해독을 할 여유 따위는 주지 않는 무시무시한 독기였다.

치지지직.

주변의 풀과 나무 역시 새하얗게 말라 버렸다. 그 모습을 보며 멸살독마가 앙천대소를 터트렸다.

"클클클! 고작 이 정도 인사에 고꾸라지면 어쩌자는 것이냐?"

"크, 이 빌어먹을 노괴!"

한 무인이 장검을 그러쥐고 몸을 날렸다.

그는 멸살독마가 있는 십 장 높이의 나뭇가지까지 단숨

에 쇄도했다.

청성파의 윤철이었다.

"죽어라!"

윤철의 검이 멸살독마의 미간을 노리고 날아들었다. 피식 웃은 멸살독마는 혈산독무가 실린 손으로 윤철의 검을 쳐냈다.

파삭!

그 순간 진득한 독기가 칼날에 묻었다. 이윽고 삽시간에 녹이 슬어 버리는 검.

"크윽!"

당황한 윤철이 물러났다. 멸살독마는 그런 그를 보며 재미있다는 듯 웃었다.

"제법 강단이 있는 놈이구나. 아무리 인사에 지나지 않는다지만 혈산독무의 독기에도 쓰러지지 않고. 그러나 그 정도가 한계인 듯싶군."

"뭐라고!"

"열 낼 것 없느니라. 당장은 혈산독무에서 무사할 수 있다고 하더라도……."

픽!

둑이 터지듯 코피가 터졌다. 윤철은 검붉은 피가 삽시간에 앞섶을 적시는 것을 느꼈다.

"이, 이럴 수가……."

"야금야금 네 몸을 갉아먹거든. 그것이 바로 본괴의 혈산독무이니라."

"크윽……."

윤철의 몸이 땅으로 떨어졌다.

"윤 형!"

종남의 염신이 달려 나왔다. 그는 비교적 뒤쳐져 있었기에 혈산독무의 영향을 받지 않았다.

염신은 추락하는 윤철의 몸을 받으려 했다. 그러나 그가 다가가기 전에 쏜살처럼 날아드는 인형이 있었다.

적운수 비차였다.

팟!

비차의 두 손이 붉게 빛났다. 이윽고 그의 쌍장이 떨어지던 윤철의 복부를 강하게 격했다.

퍼어엉!

윤철의 등허리가 터지며 내장과 척추가 뿜어져 나왔다. 피부만 남겨 두고 체내의 모든 것이 터져 나온 것이다.

그걸로 절명.

보는 이들의 다리가 절로 풀리는 광경이었다.

"이런…… 악귀들!"

염신이 악에 받쳐 소리쳤다.

"어찌 그리 손속이 잔인할 수 있단 말이냐! 더러운 놈들! 저주받을 마교의 괴물들!"

"흥. 웃기는 놈이로고. 뒈지는 것에 예쁜 게 있고 더러운 게 있단 말이냐?"

코웃음을 친 멸살독마가 히죽거렸다.

"그럼 네놈은 예쁘게 죽여주랴? 클클, 뭐든 좋으니 본괴에게 부탁하거라."

"그러면 죽어라!"

염신이 허공으로 치솟았다. 화신찰(火神刹)이라는 별호답게 그의 몸 주변으로 강렬한 화기가 몰아쳤다.

화르르륵!

멸살독마의 독기까지 태워 버릴 듯한 화력이었다. 멸살독마는 의외의 위력에 조금 놀랐다.

"호오, 제법이구나. 조금 전에 죽은 놈보다는 뛰어나구먼?"

"닥쳐랏!"

염신이 화기를 머금은 검격을 날렸다. 불타오르는 검기가 멸살독마를 노리고 날아들었다.

휙!

이번에도 그 앞으로 인형이 뛰어들었다.

적운수 비차가 두 손을 번갈아 뻗어 허공을 격했다. 그 타격으로 인해 염신의 화기가 상당 부분 약해졌다.

"쓸데없는 짓을 하는구나."

"나이도 생각하셔야지요.

멸살독마의 말에 비차가 대꾸했다. 멸살독마는 흥 하고 코웃음을 쳤다.

"네 녀석도 노괴를 무시하는 게냐? 철절삼마의 위명도 개털이 됐구먼."

"철절삼마라고?"

염신이 화들짝 놀랐다. 보통 늙은이는 아닐 거라 생각했지만 설마 전설적인 마교의 수괴일 줄이야!

그런 염신을 향해 비차가 말했다.

"그나저나 괜찮겠나?"

"뭐가 말이냐?"

"저 아래."

비차가 가리킨 곳에선 독마대와 천무맹 무인들이 격돌하고 있었다.

그리고 그 결과는…… 참혹했다.

"크아악!"

"으악!"

비명을 지르는 쪽은 일방적으로 천무맹 측뿐이었다. 독마대는 마치 물살을 가르듯 무인들을 베어 넘기고 있었다.

"큭!"

염신이 이를 악물었다. 그런 그에게 비차가 조언하듯 말했다.

"이대로는 싸워 보기도 전에 전멸할 거다. 지휘체계가

박살난 이상 아무리 대단한 무인이라 해도 절반의 전력밖에
낼 수 없다."

"왜 그런 걸 내게 말하는 거냐!"

염신의 외침에 비차가 피식 웃었다.

"너희들이 좋아하는 게 이것 아닌가? 정정당당. 그래서
부득불 조언해 주는 것이다."

"큭……."

"게다가, 이런 걸 말해 준다고 해도 우리의 승리는 변하
지 않을 테니까."

그야말로 절대적인 자신감.

염신은 실력뿐 아니라 정신적인 면에서도 크게 밀린다는
것을 실감했다.

'그러나 맥없이 죽을 수는 없다!'

이젠 문파의 자존심이나 이득이 문제가 아니었다. 자칫
하면 이천 넘는 젊은이들이 손 한 번 쓰지 못하고 몰살당할
수 있었다.

"쳇!"

염신은 곧장 몸을 돌려 물러났다. 비차는 굳이 그의 등에
살수를 펼치지 않았다.

"네놈이 제정신이 아니구나."

멸살독마가 툴툴댔다.

"적에게 자비를 베풀다니, 천마께서 보셨더라면 진노하

셨을 것이다."

"이대로 쓸어버리는 것은 너무나 쉽지 않겠습니까? 저들
에게도 발악할 기회 정도는 주어야지요."

"클클, 그것은 그렇다만."

멸살독마가 땅으로 내려섰다. 비차 역시 그의 뒤로 내려
섰다.

"그럼 이제부터……."

멸살독마가 주름 가득한 미소를 지었다.

"토끼몰이를 시작해 볼까?"

第八章

풍신과 궁후

선봉군 출격에 앞서 제갈현은 정보 체계를 재편했다. 남아 있는 소수의 비영대원만으로도 정보를 곧장 전달받을 방법을 떠올린 것이다.

그가 택한 방식은 간이 봉화.

수십 리의 거리를 두고 비영대원들이 봉화를 피워 정보를 전하는 것이었다.

그리고 지금. 간이 봉화를 통한 첫 번째 연락이 도달했다.

"선봉군, 크게 고전 중."

"……."

"……."

무거운 침묵이 회의장을 감쌌다. 무림 명숙들 모두가 검왕의 눈치만을 살피고 있을 따름이었다.

한 사람을 제외하고는.

"결국 정천, 그 아이의 말이 옳았군요."

궁후 요태희의 말에 모두들 긴장했다. 자칫하면 큰 사단이 날 수도 있었던 것이다.

하지만 검왕은 의외로 차분했다.

"그렇군."

"제 생각보다도 차분한 반응이군요. 마치 이렇게 될 것을 예상하신 것 같군요."

"전투가 있으면 승패도 당연히 따르는 법이다. 각 경우마다 일희일비할 수는 없지."

"그래도 직후의 일을 염려하긴 해야 할 듯한데요."

검왕은 제갈현을 돌아봤다. 이제 어떻게 해야 하느냐는 눈빛이었다.

"그들을 저버릴 수는 없습니다. 구원군을 조직해 보내는 수밖에는."

"허나 그들은 여기서 사흘 거리에 떨어져 있소. 과연 구원군이 도착하기 전까지 버틸 수 있을지 의문이군."

남궁운의 말이었다.

그 자체는 제갈현에게 보내는 말이었으나, 시선은 검왕을 향해 있었다.

그 시선이 의미하는 바는 분명했다.

"그러니 결국 나의 실착이다, 그 말을 하고 싶은 것인가?"

"그렇다고는 하지 않았소."

"그렇다면 왜 본좌를 쳐다본 것이지?"

"누군가를 보는 것조차 마음대로 할 수 없단 말이오?"

김왕의 이마에 심줄 하나가 돋았다. 남궁운 역시 험악해진 표정을 풀지 않았다.

제갈현은 그 사이에서 한숨을 토했다. 이래서야 제대로 된 대응은커녕 천무맹을 유지할 수나 있을지가 의심스러웠다.

그때 짝 하는 손뼉 소리가 울렸다.

궁후 요태희였다.

"그쯤해 둬요."

놀랍게도 검왕과 남궁운은 눈싸움을 멈췄다. 무림 명숙들은 놀란 눈으로 그들과 요태희를 번갈아 보았다.

제갈현은 다시금 한숨을 쉬었다. 이번엔 안도의 한숨이었다.

'궁후께서 돌아오셔서 다행이다.'

검왕과 남궁운은 한때 요태희를 사이에 둔 연적이었다. 결국 둘 중 어느 누구도 그녀를 취할 수 없었지만 말이다.

젊은 시절, 요태희는 본인의 궁술을 갈고닦기 위해 동쪽으로 떠났었다.

그리고 궁후라는 별호에 어울리는 신궁이 되어 돌아왔다.

그땐 이미 세 사람 모두 적기를 놓친 후. 검왕과 남궁운은 각기 부인을 들인 뒤였다.

요태희는 그다지 신경 쓰지 않았다. 그저 숭산 근처의 작은 마을에 기거하며 조용히 살았을 뿐이었다.

그러던 그녀가 수십 년의 은둔을 깨고 돌아왔다. 수십 년 전과 같은 용모를 지닌 채로.

이미 흰머리가 가득한 두 사람과는 너무나 달랐다. 그러나 두 사람을 진정시킬 수 있는 신기한 힘만은 그대로였다.

"두 분이 그럴 줄 알고 제가 미리 수를 써 두었어요."

"수를 써 두었다고?"

검왕이 불쾌한 얼굴로 되물었다. 맹주인 자신에게 알리지 않았다는 점 때문이었다.

"걱정하실 것은 없어요. 맹주님의 권한을 무시하는 일은 하지 않았으니까요."

"그렇다면 구체적으로 말해 보도록."

"간단해요. 지금 가장 전장이 필요한 사람을 그곳으로 보냈습니다."

"지금 가장 전장이 필요한 사람?"

"그래요."

고개를 끄덕인 요태희가 대답했다.

"자존심이란 면에 있어선 두 분마저도 능가하는, 곁에 두었다간 찢기거나 베여 나가기만 할 소용돌이. 지금 이곳에 있었다면 크나큰 문제만 일으켰을 말썽꾼."

"설마……?"

경악하는 남궁운의 얼굴을 보며 요태희가 말했다.

"풍신창왕 윤하월을 그곳에 보냈어요."

◈

파파파팟!

무서운 기세로 치고 들어가던 독마대 무인들이 일순 갈가리 찢겨 나갔다.

하릴없이 밀리기만 하던 천무맹 무인들이 순간 여유를 찾았다.

"응?"

학살을 자행 중이던 멸살독마가 주춤했다. 염신이나 윤철 같은 것들과는 비교도 할 수 없는 살기가 느껴졌던 것이다.

그 자체로 한 자루 요도와 같은 느낌.

'허, 이런 기운을 지닌 놈이 정파무림에 있었단 말인가?'

멸살독마의 입가가 미소를 그렸다. 그의 등허리로는 어

느새 식은땀이 흐르고 있었다.

실로 오랜만이었다. 이런 느낌은.

"생사투의 느낌이로구나."

멸살독마가 중얼거린 순간.

푸화하악!

독마대 무인들 사이에서 피의 폭풍이 몰아쳤다. 무인들은 손 한번 쓰지 못하고 갈가리 찢겨선 허공에 흩날렸다.

잔혹하기로는 비차의 혈운수조차 한 수 접어야 될 듯한 광경.

피의 폭풍 한가운데에 악귀 같은 사내가 서 있었다.

기다란 창 한 자루를 땅에 꽂은 채.

"제법 신나게 날뛰더구나, 빌어먹을 늙은 마두."

"허."

멸살독마가 헛웃음을 지었다.

"건방지기 짝이 없는 놈이로군. 네놈은 아비, 어미도 없느냐?"

"놀고 있네. 그래서 네놈이 내 아비라도 된다는 거냐?"

사내가 꽂았던 창을 뽑았다. 그 순간 벼락같은 창격이 멸살독마의 눈앞에서 펼쳐졌다.

파밧!

"……!"

멸살독마는 반사적으로 쌍장을 내뻗었다. 혈산독무의 독

기로 쇄도하는 창강을 상쇄하려는 것이었다.

허공에서 보랏빛 독기와 푸른빛 창강이 충돌했다. 그리고 이내 깨어지는 것은……

"크흑!"

혈산독무의 기운이었다.

멸살독마는 결국 몸을 내던졌다. 몰아친 창강은 그가 있던 자리를 훑고 지나갔다.

파바바박!

멸살독마의 뒤편에 있던 독마대 무인들이 창강에 노출됐다. 그들은 비명조차 제대로 지르지 못한 채 수십 갈래로 찢겨졌다.

"이런 개 같은……"

멸살독마가 이를 갈며 사내를 돌아봤다.

상처 입은 늑대 같은 사내가 히죽 웃었다.

"이제야 제법 마두답구나. 네놈들은 역시 그렇게 널브러져 있어야지."

"네놈은 뭐하는 새끼냐!"

부웅! 붕!

몇 차례 창을 휘두른 사내가 이죽거렸다.

"이 몸의 존명은 알아서 뭐하게? 늙은 마두."

"이놈!"

열불이 난 멸살독마가 혈산독무의 기운을 십이성 극성까

지 끌어올렸다.

쿠구구구구.

멸살독마 주변의 땅이 시커멓게 죽어 갔다. 독기가 멸살독마를 중심으로 둥글게 뭉쳐 들었다.

그 밀도는 실로 엄청나서, 본디 보라색이던 기운이 핏빛으로 보일 정도였다.

저것을 한순간 발출한다면 거대한 황소조차 거죽만 남기고 썩어 문드러질 터.

비차조차 가까이 다가가지 못할 정도였다.

'독마께서 독왕지체를 펼치시다니.'

멸살독마의 궁극의 절초라 할 수 있는 수법이었다. 극한까지 이른 독기운을 몸에 둘러 그 무엇이 접근하든 썩히고 부식시켜 버리는.

평소 천마가 상대가 아닌 이상은 쓸 일이 없으리라 얘기해 왔던 멸살독마였다.

'그렇다면 저자가 그 정도로 강하단 말인가?'

조금 전의 격돌은 비차 본인도 똑똑히 보았다. 그러나 크게 놀라지는 않았다.

꿰뚫어 버리는 데에 특화가 된 창강을 독기로 막아 낼 수 없는 것이 당연하다 생각했던 것이다.

하지만 멸살독마는 최강의 절기까지 꺼내 들었다.

그만큼 사내가 위험한 존재라는 의미였다.

'그냥 싸우게 둘 수는 없다!'

생각을 마친 비차가 사내를 향해 달려들었다.

"타앗!"

"관둬라, 비차!"

멸살독마가 소리쳤으나 이미 늦은 뒤였다. 비차의 혈운수가 극성으로 펼쳐졌다.

파아앗!

새빨간 기운이 사위를 물들였다. 그리고 그 한가운데에서 사내는……

"훗."

차갑게 웃었다.

퍼어억!

"퀵!"

비차의 몸이 크게 휘청거렸다. 어느새 사내의 창이 그의 몸통을 꿰뚫어 버린 뒤였다.

그야말로 초신속의 찌르기.

눈으로 좇을 수도 없었다.

"멍청한 놈. 풍신의 바람 앞에서 무사할 줄 알았나?"

"그, 그렇다면 네놈은……"

사내를 노려보던 비차의 눈이 빛을 잃었다.

쓰러지는 비차의 뒤쪽에서 멸살독마가 씹어뱉듯 중얼거렸다.

"풍신창왕 윤하월."

"이 몸의 이름을 알고 있나? 마교 놈들치고는 제법 똑똑한가 보군."

"그래, 네놈의 소문은 잘 알고 있지. 실력 조금 있다고 개차반처럼 구는 망나니 같은 놈이라는 것."

사내, 윤하월이 이빨을 드러내며 웃었다.

"재미있군. 마두 놈들한테 그런 소리를 듣다니."

"흥. 우리라고 천륜을 저버린 패악자들일 것 같으냐? 우리도 네놈들과 똑같다. 그저 무에 대한 관점이 조금 다를 뿐이지."

"뭐, 상관은 없어. 네놈이 무에 대해 어찌 생각하든 이 몸이 알 바는 아니니까."

윤하월은 청룡창을 들어 멸살독마를 겨냥했다.

"지금은 그저 모든 걸 잊고 싸우고 싶을 뿐이다. 찌르고 베고 꿰뚫고 가르고 싶을 뿐이야."

"싸움에 미친 투귀로구나. 징그러운 놈……"

말을 잇던 멸살독마의 눈이 일순 가늘어졌다.

"그렇군. 그러고 보니 네놈들이 새로운 맹주를 뽑는 중이라지 않았던가? 듣기로는 검왕 유극태의 주도하에 비무회를 연다는 것 같았는데."

"……"

윤하월의 눈썹이 꿈틀거렸다. 어찌 그것을 마교 놈들이

알고 있단 말인가?

해답은 하나뿐이었다.

'내통자!'

멸살독마가 히죽 웃으며 말을 이었다.

"보아하니 네놈, 거기서 패배한 모양이구나."

"……."

"클클, 대답하지 못하는 걸 보니 정곡을 찔렸나 보군. 이제 보니 네놈이 바로 패배한 개였구나."

"……."

"하기야 패배의 기억을 잊고 싶다면 싸우고 또 싸우는 게 제일이지. 그래 봐야 네놈이 패배했었다는 사실은 변하지 않지만 말이다."

"이봐, 늙은 마두."

내내 침묵하던 윤하월이 입을 열었다.

"네 부하 하나만은 무조건 살려 주마."

"뭐야?"

"그러니 그놈더러 유언이라도 전하라고 해라. 네놈은 오늘 여기에 뼈를 묻게 될 테니까."

무시무시할 살기가 뿜어져 나왔다. 윤하월은 시뻘겋게 핏발이 선 눈으로 멸살독마를 노려봤다.

"풍신의 역린을 건드린 대가는 죽음뿐이다."

"……흥. 웃기는 놈이군. 누가 죽는다고?"

멸살독마의 표정도 딱딱하게 굳었다. 이제 더 이상 입으로 떠들 생각 따위는 없었다.

"죽는 것은 바로 네놈이다!"

탓!

멸살독마의 몸이 허공을 날았다. 그 순간 윤하월 역시 청룡창을 허공으로 뻗고 있었다.

파밧!

핏빛 독기와 푸른빛 창강이 허공에서 격돌했다.

"대체 어떻게 윤하월을 설득한 거지? 그 승냥이 같은 자를 움직이기가 쉽진 않았을 텐데."

남궁운의 말에 요태희는 고개를 저었다.

"설득하지 않았어요. 그저 그가 가장 바라는 것을 알려 준 것일 뿐. 처음부터 그가 원하는 일이었으니 따르게 하는 것도 어렵지 않았죠."

"어찌 됐든……."

검왕이 말을 받았다.

"윤하월이라면 구원군의 역할을 충분히 할 수 있겠군."

"그것은 아직 모르는 거요."

다시 한 번 끼어드는 남궁운이었다.

"따로 구원군을 구성해야 하오. 만전을 기해 놈들을 상대해야 하오."

"곧 들이닥칠 마교 본대를 상대할 병력을 구성하는 데에도 시간이 부족하네. 그리고 윤하월이라면 홀로도 천 명의 역할을 할 수 있을 테고."

"그러나 윤하월은 어디로 튈지 모르는 인간이오. 마음이 내키지 않는다면 그냥 떠나 버릴지도 모르오."

"허나 여력이 없지 않은가!"

다시 언성이 높아지는 두 사람이었다. 제갈현은 다시금 요태희의 눈치를 살폈다.

그러나 그녀는 제갈현의 시선에 고개를 저을 따름이었다.

―제가 할 일은 여기까지예요. 나머지는 군사께서 중재하셔야 합니다.

그녀의 전음에 제갈현은 나직이 침음했다.

―이미 큰 도움을 주셨으니 더 도움을 바라는 건 염치없는 일이겠지요. 알겠습니다, 궁후.

―두 사람을 잘 부탁해요.

마치 떠나려는 사람의 인사말 같았다. 내심 불안해진 제갈현이 물었다.

―다시 천무맹을 떠나시려는 겁니까?

―아뇨. 그렇지는 않아요. 이제 당분간은 이곳을 띠날 수 없을 거예요.

─그렇다면 조금 전의 말씀은······.

요태희가 부드럽게 웃었다.

─만나 볼 사람이 있답니다.

─지금 말씀입니까?

─네. 사실 황룡성으로 돌아온 것도 그를 만나기 위함이
었어요.

제갈현의 입이 살짝 벌어졌다.

처음엔 그녀가 맹주직을 노린다고 생각했다. 그러나 황
룡회에서의 태도를 보니 그것은 아니었다.

다음으론 그녀가 검왕을 돕기 위해 온 줄 알았다. 그러나
지금의 말을 보아선 그것도 아닌 듯했다.

─누구를 만나시려 하십니까?

─당신도 잘 알고 있는 사람이랍니다.

─제가 잘 알고 있는······?

고개를 끄덕인 요태희가 몸을 돌렸다.

─정천이라고 하던가요? 나는 그를 만나기 위해 은거를
깼어요.

그 말을 끝으로 회의장을 나가는 요태희였다. 제갈현은
검왕과 남궁운의 말싸움도 잊은 채 생각에 잠겼다.

'그녀가 어떻게 정천을 알고 있지?'

회의장을 나선 요태희는 화륜문으로 곧장 향했다. 마치

여러 차례 갔었던 양 익숙한 걸음걸이였다.

잠시 후 그녀가 화륜문의 장원에 도착했을 때였다.

스륵.

칼날 하나가 그녀의 목에 드리워졌다. 백미련의 구절검
이었다.

"여긴 무슨 일이지?"

빙긋 웃은 요태희가 손을 들어 보였다.

"싸우려 온 게 아니에요. 검을 치웠으면 좋겠군요."

"그걸 어떻게 믿으라는……."

그때 솥뚜껑만 한 손이 백미련의 구절검을 붙들었다. 여
전히 붕대를 몸 곳곳에 감고 있는 장유추였다.

"적이 아니다. 쓸데없이 진 빼지 마."

"……."

백미련은 그제야 검을 치웠다. 장유추가 요태희에게 말
했다.

"대신 사과하지. 어째서인지 꽤나 날카로워져 있더군."

"그럴 테지요. 언제 습격당할지 모르는 입장이니."

장유추의 표정이 미묘해졌다. 요태희의 말투가 마치 다
알고 있다는 것 같았기 때문이다.

백미련은 노골적으로 의심스런 표정을 지었다.

"우리의 사정을 알고 있나?"

"그래요."

단도직입적인 대답. 장유추의 입이 살짝 벌어졌다.

"어떻게 알고 있다는 거지?"

"들어가서 찬찬히 얘기하면 안 될는지요?"

"아, 음. 그러는 게 낫겠군."

세 사람은 문을 열고 안으로 들어갔다. 긴장한 채 열랑을 쥐고 있던 화연란이 놀란 눈을 했다.

"당신은……?"

"오랜만이군요."

"예?"

요태희의 말에 화연란이 의아한 얼굴을 했다. 그녀와 언제 만난 적이 있었던가 싶었던 것이다.

'만난 적이 있다면 기억 못할 리가 없는데?'

누가 보더라도 단번에 망막에 새겨질 정도. 요태희에 대한 화연란의 인상이었다.

단순히 미적인 관점에서 본다면 모용린이나, 화연란, 백미련과 같은 절색은 아니다.

다만 그녀에겐 어린 여성들에게선 느낄 수 없는 기품이 있었다.

물론 검왕이나 남궁운과 비슷한 연배임을 생각해 본다면 그 용모도 대단한 것이었고.

"제가 궁후님을 뵌 적이 있었나요?"

화연란의 물음에 요태희가 빙그레 웃었다.

"하긴 문주께선 기억하지 못할지도 모르겠군요."

그녀가 문주라는 것 역시 알고 있다. 지켜보는 장유추의 의문이 더욱 깊어지는 순간이었다.

'화륜문에 대해서도 이미 알고 있는 건가? 대체 어디까지 조사를 한 건지 모르겠군.'

요태희의 말이 이어졌다.

"내가 문주를 만났던 건 꽤나 오래전의 일이지요. 정확히는 문주의 아버지를 만났었다고 해야겠군요."

"아버님을요?"

요태희가 고개를 끄덕였다.

"그래요. 십 수 년 전, 화륜패 공을 만나러 이곳을 찾아왔었습니다. 그땐 아직 화륜문이 아닌 평범한 집이었지만요."

"아……."

화연란의 입이 벌어졌다. 그렇게 오래전이라면 그녀가 기억하지 못하는 것도 당연했다.

"사담은 그만. 곧장 본론으로 들어갔으면 좋겠군."

백미련이 차갑게 말했다. 그녀는 확실히 남들이 보기에도 초조해하고 있었다.

"그러는 게 낫겠군요."

동의를 한 요태희가 본론을 내놓았다.

"굳이 쓸데없는 설명을 할 필요는 없겠지요. 저는 여러

분을 돕기 위해 은거를 깼습니다."

"우리를?"

"정확히는 정천 소협, 그를 돕기 위해서라고 해야겠군요."

모두가 의아한 눈으로 요태희를 보았다. 결국 장유추가 대표 격으로 질문을 꺼냈다.

"잠깐. 당신이 어떻게 정천을 알고 있지? 일전에 그와 만난 적이 있나?"

"그렇지는 않습니다."

그럴 터였다. 황룡회에서 요태희를 본 정천은 처음 본다는 반응이었으니까.

"그런데 어떻게 그를 알고 있지?"

"얘기가 좀 길어질 수도 있겠군요. 하지만 간략히 축약해 설명하도록 하지요."

짧게 숨을 고른 요태희가 설명했다.

"십여 년 전, 저는 당시 용검대주였던 화륜패 공에게 한 가지 청탁을 받았습니다. 일전에 그에게 졌던 빚에 대한 보답으로 말이죠."

"빚이라고?"

"그에게 목숨을 구원받은 적이 한 번 있지요."

짤막히 대답한 요태희가 말을 이었다.

"화륜패 공의 부탁은 간단했습니다. 그는 용검대가 함정에 빠진 것 같다고 말했지요. 그러나 명령에 따를 수밖에 없다는 것도 말했습니다."

"함정이라."

장유추가 심각한 얼굴로 팔짱을 꼈다.

"화륜패는 진마동에 관한 음모가 있다는 걸 눈치채고 있었군."

"아버지……."

화연란이 우울한 얼굴로 중얼거렸다.

요태희는 그녀의 어깨를 토닥이고서 말을 이어 갔다.

"화륜패 공의 부탁은 이것이었습니다. 자신, 혹은 자신의 유지를 이어받은 자가 돌아왔을 때 그를 도와 달라는 것이었죠."

"화륜패의 유지를 이어받은 자……."

그게 누구를 가리키는지는 모두가 알고 있었다. 애초에 그 자격을 지닌 사람은 한 명뿐이었으니까.

"저는 후에 많은 것을 조사해 봤습니다. 조사는 황룡성, 나아가 천무맹의 뿌리와 관련된 것이었기에 필연적으로 그곳을 떠날 수밖에 없었지요."

"그래서 은거에 들어간 것인가?"

"예. 그 후에도 은밀한 경로를 통해 조사를 계속해 나갔습니다. 그리고 마침내 알게 되었죠."

요태희의 표정이 진지해졌다.

"팔부혈선의 존재를."

세 사람은 놀란 눈으로 그녀를 보았다. 특히나 백미련의 경악은 더더욱 컸다.

"고작 개인적인 조사만으로 그들의 정체를 알아냈다는 건가?"

"혼자의 힘만은 아니었어요. 많은 이들의 도움이 뒤따랐으니까요. 그중엔 목숨을 버려야 했던 이들도 많습니다."

"……그랬군."

백미련은 그제야 납득했다. 실제로 팔부혈선의 정체에까지 접근했던 이들이 아주 없진 않았다. 그 대부분이 제거당하긴 했지만 말이다.

"정천 소협의 소식을 들은 것은 얼마 전이었습니다. 마침 황룡회가 열린다는 얘기도 접했지요. 그래서 절호의 기회라 생각하고 황룡성으로 오게 되었지요."

"으음."

장유추가 화연란의 표정을 살폈다. 이 정도면 믿을 수 있지 않겠냐는 눈치.

현재 정천을 제외하면 화륜문의 결정권자는 그녀였다. 백미련을 별개로 둔다면 말이다.

화연란은 요태희를 똑바로 바라봤다.

"그래서 오라버니를 도우실 건가요?"

"그래요."

올곧은 대답. 화연란은 왠지 모르게 눈물이 핑 도는 것을 느꼈다.

"아버님께 진 빚 때문에?"

"그것도 큰 이유지만, 천무맹을 위해서이기도 해요. 천무맹은 내게 있어서도 고향과 같으니까요."

"당신은 혈선들에 대해 얼마나 알고 있지?"

백미련의 물음이었다.

화연란이나 장유추와 달리 그녀는 여전히 요태희를 경계하고 있었다.

"당신의 정체와 출신 정도를 알고 있는 정도라면 대답이 될까요?"

"……거짓말."

"거짓말이 아니에요. 한때는 혈선들의 심복이었던 이에게서 마라혈천이란 존재들의 명단을 받은 적이 있었어요."

"거짓말! 마라혈천에 대해 아는 사람은 혈선을 제외하면 장로들 정도야!"

표독스럽게 소리쳤던 백미련의 얼굴이 순간 굳었다.

"설마?"

요태희가 고개를 끄덕였다.

"그래요. 내게 명단을 넘겼던 이는 장로들 중 한 명이었습니다."

"……"

"그 명단엔 각 인물에 대한 상세한 설명도 있었어요. 예컨대 백미련, 당신과 화군장로 백운신의 관계와 같은 것들……."

두근.

백미련은 입술을 질끈 깨물었다. 머릿속이 새하얗게 변하는 기분이었다. 치부를 드러냈다는 사실이 이렇게나 아픈 일일 줄이야.

요태희 역시 그녀의 사정을 알았기에 더 이상 얘기를 꺼내진 않았다.

"이 정도면 설명이 됐을 것 같군요."

그녀는 다시 화연란을 돌아봤다. 화연란은 고개를 끄덕여 확인해 주었다.

희미하게 웃은 요태희가 물었다.

"정천 소협은 지금 어디에 있죠?"

"오라버니는 지금……."

조금 주저하던 화연란이 입을 열었다.

"묵상 중이세요."

"묵상?"

질문에 대답한 사람은 장유추였다.

"자신의 한계를 느낀 눈치더군. 혹은 아직 발전할 여지가 있다는 것을 깨달았거나. 어쨌든 며칠 동안 연공실에만 틀어박혀 있다."

"그렇군요. 잘됐네요."

"잘되었다고?"

고개를 끄덕인 요태희가 말했다.

"저 역시 은거하는 동안 상당한 수련을 거듭했습니다. 하지만 아직까지도 혈선들과 겨룰 수 있으리란 확신은 들지 않더군요."

"……당신마저도 말인가?"

장유추의 목소리엔 경악이 섞여 있었다.

궁후라고까지 불리는 그녀다. 그것조차도 십 수년이 더 된 과거의 별호.

거기에 은거 수련까지 했다면 발전했으면 했지 퇴보하진 않았으리라.

"역시 체질 때문인가? 오래 싸울 수 없는 체질이기에 승리를 장담할 수 없다는 건가?"

"아무래도 그렇겠지요. 이각 안에 그들과 승부를 낼 수 있을 것 같지는 않으니까요."

요태희의 대답에 백미련이 코웃음을 쳤다.

"흥! 제약만 없다면 이길 수 있다는 듯 말하는군."

"여덟 명 모두가 아니라 한 명만이라면 가능할지도 몰라요."

"궁후라는 게 얼마나 대단힌지는 몰리도, 그대는 혈선들을 너무 얕보고 있어."

"그저 그들의 기록을 통해 실력을 유추해 보았을 뿐이에요. 물론 제대로 된 기록 하나 찾기 힘든 만큼 오차는 상당히 있겠지요."

백미련이 입술을 깨물었다.

"본후는 그대가 마음에 들지 않아."

"그런가요?"

스스스스.

매화향이 퍼지기 시작했다. 백미련의 흑적색 머리칼이 허공으로 떠올랐다.

요태희보다도 장유추와 화연란이 당황했다.

"어, 언니?"

"미쳤군! 무슨 짓을 하려는 건가?"

백미련은 그들의 반응을 무시한 채 요태희만을 노려봤다.

"본후가 그대를 시험해 보겠어. 정말 떠드는 만큼 강한지, 아니면 그저 허풍선이에 지나지 않는지!"

"그걸로 저를 신뢰할 수 있다면, 좋아요."

자리에서 일어난 요태희가 화연란을 돌아봤다.

"문주, 혹시 이곳에 활이 한 자루 있을는지요?"

"활…… 말인가요?"

"구태여 필요 없을 것 같아 아랑궁을 두고 왔어요. 맨손으로 싸워도 괜찮지만, 아무래도 활을 쓰는 편이 더 빨리 끝날 것 같군요."

화연란의 입이 멍하니 벌어졌다. 그 말은 곧, 활 없이도 백미련을 상대할 순 있다는 소리 아닌가.

바보가 아닌 만큼 백미련도 그 말뜻을 이해했다. 그녀의 머리칼은 이제 구절검의 형상을 완전히 구축한 상태였다.

"그 아랑궁이란 것을 어서 가져오도록 해. 제대로 퉁기기도 전에 갈기갈기 찢어 줄 테니!"

"이럴 줄 알았다면 정말 가져올 것을 그랬군요."

기묘한 광경이었다. 평소 냉정하다 못해 쌀쌀맞던 백미련이 흥분한 모습이라니.

화연란은 그녀의 반응에 놀라 허둥지둥했다.

"아마 활은 따로 구해 두지 않았을 텐데. ⋯⋯아!"

그녀는 손뼉을 치고는 장유추를 돌아봤다.

"와룡장에서 활 한 자루 정도는 빌릴 수 있을 거예요."

"그렇군."

대충 대답한 장유추는 화연란이 자신을 여전히 바라보고 있다는 걸 깨달았다.

"⋯⋯나더러 가져오라고?"

"두 분을 빼면 가장 경공이 빠르시잖아요."

"그거야 그렇지만⋯⋯."

장유추는 못미더운 눈으로 두 여인을 보았다. 그 눈빛의 의미를 깨날은 백미련이 차갑게 쏘아붙였다.

"걱정하지 마. 비겁하게 지금 공격할 생각은 없으니."

요태희 역시 한마디를 보탰다.

"걱정하지 마세요. 활이 없어도 제 몸 하나쯤은 건사할 수 있으니."

'뭐, 어떻게든 되겠지.'

장유추는 될 대로 되라는 심정으로 몸을 날렸다.

第九章

천마의 검

멸살독마는 뿌드득 이를 갈았다.

'괴물 같은 놈!'

철절삼마, 천마 외엔 그 누구도 위에 두지 않는다는 마교의 정점이 그였다.

요사이 십마 중 몇몇이 치고 올라온다고는 해도 아직까지 밀리진 않는다고 자부해 왔다. 하물며 정파 놈들에게 쩔쩔 맬 일은 없으리라 생각했다.

지금 그 자부심이 흔들리고 있었다.

"으음."

멸살독마는 자신의 왼팔을 내려다봤다. 상완(上腕)에 큰 구멍이 나 팔 전체가 너덜너덜했다.

심줄까지 끊어진 듯 아무리 애를 써 봐도 왼팔이 움직일
줄은 몰랐다.

"참으로 지독한 놈이다."

멸살독마는 다시금 진저리를 쳤다. 설마 극성의 혈산독
무마저 뚫고 들어와 치명타를 입힐 줄이야.

물론 그 대가가 작지는 않았지만 말이다.

"하지만 네놈도 이걸로 더 움직이기는 힘들 것이다."

멸살독마는 희번덕거리는 눈으로 전방을 응시했다.

그곳엔 몸 절반이 푸르죽죽하게 물든 윤하월이 서 있었
다.

혈산독무의 기운은 만독불침인 그의 몸마저 퍼렇게 오염
시켰다. 그리고 마지막 숨이 끊어질 때까지 엄청난 고통을
안겨 줄 것이다.

그럼에도 윤하월은 태연했다.

"흥. 독인지 뭔지 몰라도 간지럽군."

"허세 부리지 마라. 지금도 혈산독무의 기운이 네놈의
살점 하나하나를 갉아먹고 있을 터. 그 고통이란 형용할 수
없을 것이다."

"간지럽다고 했잖나, 늙은 마두."

그렇게 말하면서도 섣불리 창을 들지 못하는 윤하월이었
다. 그 역시 몸이 말을 듣지 않았던 것이다.

멸살독마가 이죽거렸다.

"참으로 어리석은 놈이구나. 본괴와 붙을 것이 아니라 아군을 구하는 편이 나았을 것을. 어리석은 선택을 하여 죽음을 재촉했구나."

"……."

"지금쯤 나의 독마대가 너희 천무맹의 찌꺼기들을 학살하고 있을 것이다. 결국 네놈이 와서 얻는 것은 개죽음밖에 없게 됐다."

"흥."

윤하월은 코웃음을 쳤다. 그러고는 청룡창을 짤막하게 쥐어 왼팔을 죽 그었다.

푸화학!

엄청난 악취와 함께 썩은 피가 뿜어졌다. 그럼에도 윤하월의 표정은 얼음장 같았다.

피를 한 됫박은 뽑아낸 그가 왼팔을 흔들어 보았다.

"이제 좀 낫군."

"끈질긴 놈. 아직도 싸울 생각이냐?"

"먹잇감이 죽기 일보 직전인데 관둘 수야 없지. 그리고 넌 착각하고 있다, 늙은 마두."

"본괴가 착각하고 있다고?"

청룡창을 바르게 쥔 윤하월이 냉소를 지었다.

"청성이나 송남의 떨거지들이 죽든 살든 내 알 바 아니다. 천무맹이 승리하든 마교가 승리하든 알 바도 아니야.

나는 그저 내가 할 수 있는 것을 할 수 있다면 그걸로 족하
다."

휙.

청룡창의 아가리가 멸살독마를 향했다.

"그리고 난 지금 네놈을 산산이 박살 내고 싶다, 늙은
마두."

"……허!"

멸살독마는 헛웃음을 지었다.

"이제 보니 정파의 썩은 세상에도 무인이 있었군. 네놈
과 적으로 만난 게 아쉽구나. 네가 마교인이었다면 천마님
도 좋아하셨을 터인데."

"천마? 내가 네놈들처럼 그 자식에게 알랑방귀나 뀔 것
같나?"

침을 탁 뱉은 윤하월이 말했다.

"됐으니 그만 떠들고 죽을 준비나 해라."

"하긴 이제 결판을 낼 때도 되었지."

멸살독마는 오른팔로 왼팔을 잡아당겼다. 부욱 하는 소
리와 함께 그의 왼팔이 뜯겨졌다.

어차피 쓸 수 없는 팔, 남겨 둬 봐야 방해만 됐다. 그러
느니 떼어서 두는 편이 후에 봉합하기에도 편했다.

팔이 살아나느냐 하는 것은 둘째 치더라도 말이다.

"네놈을 얼른 해치우고 돌아가야겠구나. 너무 늦었다간

마의(魔醫)의 의술로도 고치기 못할 테니!"

"걱정 마라. 살아 돌아갈 일은 없을 테니까!"

윤하월의 청룡창이 양옆의 나무를 번갈아 후려쳤다. 빠지직 하는 소리와 함께 아름드리 거목이 멸살독마 쪽으로 쓰러졌다.

"흥!"

멸살독마는 일장을 뻗어 동시에 두 나무를 격타했다. 팔하나를 잃었다는 게 믿기지 않는 신속의 장법이었다.

극성의 혈산독무는 닿는 순간 나무의 생기를 모조리 빼앗았다.

흐물흐물해진 나무를 쳐낸 멸살독마가 그대로 윤하월에게 돌진했다.

그 순간 윤하월도 청룡창을 전방으로 출수하고 있었다.

"죽어랏!"

"내가 할 소리!"

속도로는 중원 으뜸이라는 풍신격(風神擊)이 펼쳐졌다. 멸살독마는 혈산독무를 전방에 뭉쳐 방패처럼 만들었다.

카앙!

첫 번째 충돌. 풍신격의 창강은 혈산독무를 완전히 뚫지 못했다.

"본괴의 승리다!"

멸살독마가 소리치는 순간, 윤하월은 이미 두 번째 창격에 들어가고 있었다.

또 한 번의 풍신격. 찰나의 시간 차도 두지 않은 채 첫 공격이 들어갔던 자리를 후려쳤다.

퍼엉!

혈산독무가 약간이지만 흩어졌다. 반격하려던 멸살독마의 얼굴이 순간 굳었다.

그리고 또 한 번!

파아앙!

혈산독무가 사방으로 흩어졌다. 그렇다고는 해도 자그마한 빈틈이 생겼을 뿐. 하지만 청룡창이 비집고 들기엔 충분했다.

쐐애액!

청룡창이 벌어진 틈으로 아가리를 들이밀었다.

윤하월의 공격 방식은 실로 단순했다. 찌른 곳을 찌르고 또 찌른다. 반격 따윈 생각도 못할 정도의 초신속 창격으로. 무식하고 과격하지만 이보다 좋은 전술도 없었다.

그 단순함에 묵직한 창강이 얹히니, 어지간한 비전절기가 두렵지 않을 위력이었다.

'그러나!'

멸살독마는 침착하게 일장을 뻗었다. 시퍼렇다 못해 거멓게 물든 독수(毒手)였다.

'일방적으로 물어 뜯기진 않으리라!'

어차피 피해 없이 이길 생각은 예전에 버린 뒤였다. 살을 찢긴다면 뼈를 끊고, 뼈를 끊긴다면 내장을 헤집으리라 다짐한 그였다.

창강과 독기가 부딪쳤다.

콰콰콰콰!

주변으로 강렬한 돌풍이 몰아쳤다. 독기와 창강이 섞인 그 기운에 나무들이 썩는 동시에 갈가리 찢겼다.

충돌의 중심에서 멸살독마가 먼저 튕겨졌다. 그의 얼굴은 고통으로 일그러진 상태였다.

"크앗!"

오른손바닥에 큼직한 구멍이 뚫린 상태였다. 뜯겨진 왼팔보다야 양호하다지만 결코 작지 않은 상처였다.

반면 윤하월은 비교적 멀쩡했다.

"음······."

아예 피해가 없는 건 아니었다. 어느 정도 빼냈던 독기가 다시금 몸을 잠식하고 있었으니까. 실제로 윤하월의 시야는 상당 부분 독으로 인해 뿌옇게 흐려져 있었다.

그러나 멸살독마 수준의 치명상은 없었다. 그 이유를 잘 알고 있었기에 멸살독마는 이빨이 부러지도록 이를 악물었다.

'저 빌어먹을 창! 저것 때문이다!'

청룡창.

검으로 친다면 명검칠존에 준하는 궁극의 병기. 주먹만 한 크기만 있어도 성 한 채를 살 수 있다는 만련철(萬鍊鐵)로 만들었다는 전설적인 창.

그것이 혈산독무의 힘 대부분을 상쇄시켰다.

'실로 괴물 같은 쇳덩이다.'

꽤나 명품으로 통하는 무기조차 멸살독마의 독기를 견디지 못한다. 그만큼 멸살독마의 혈산독무는 엄청난 파괴력을 지녔다.

한두 번이면 모를까, 이 정도로 손을 섞는다면 금속 자체가 녹슬거나 부식되기 마련이다. 나아가 그것을 쥔 주인의 팔조차도 독기로 인해 썩어 문드러질 터.

그러나 청룡창은 멀쩡했다. 또한 혈산독무의 기운 대부분을 방어하기까지 했다. 종이 한 장 차이로 생사가 갈리는 혈투에 있어 이 점은 너무나 컸다.

엄밀히 말하면 윤하월이 이긴 것은 그 덕이라 할 수 있었다. 그렇기에 멸살독마로서는 더더욱 치가 떨리는 것이었고.

"비겁하다고 할 텐가, 늙은 마두?"

윤하월이 비웃듯 물었다. 그러나 멸살독마는 그렇다고 말할 수가 없었다.

승패에 비겁이고 뭐고는 무의미했다. 승리 자체가 강함의 증거라는 게 마교인들의 사고방식이었으니까. 그리고 강한 것은 언제나 옳은 법. 마교천하의 관점으로 볼 때 윤하월은 누가 보든 확실한 승자였다.

"흥. 비겁이니 뭐니 하는 건 네놈들 정파인의 방식이겠지."

"그렇군. 그렇다면 패배를 인정하는 건가?"

"뭘 모르는구나, 애송이."

멸살독마는 클클 웃으며 일어났다. 미교인들의 또 다른 사고방식 하나를 떠올리며.

"죽기 전엔 그 누구도 패배한 게 아니다."

윤하월이 피식 웃었다.

"고루한 생각이군. 하긴 어차피 네놈을 살려 둘 생각 따위는 없었다."

청룡창을 몇 차례 휘둘러 본 윤하월이 선언했다.

"이제 끝을 내 주마."

"……."

멸살독마는 죽음을 각오했다. 동시에 체내의 모든 독기를 끌어올려 오른손에 응축시켰다.

'이게 본괴의 최후일지도 모른다. 그렇다면!'

꾸르르륵.

뚫려 버린 오른손바닥의 상처에 시커먼 피가 솟아났다. 그러나 아래로 흘러내리진 않았는데, 점액질의 물질처럼 그의 손아귀를 감쌀 뿐이었다.

멸살독마가 지닌 궁극의 절독, 흑점(黑粘)이었다.

목표에 적중하는 순간부터 결코 떼어지지 않고서 목표를 썩게 만드는, 그야말로 최후의 절기. 아마 천마쯤 되는 이라 하더라도 일단 적중당하면 죽음을 면하기 어려울 것이다.

아직은 독기가 활성화되지 않았기에 안전하다. 그러나 일단 활성화시키면 멸살독마 역시 흑점에 중독된다. 그 해독은 멸살독마 본인도 불가능했다. 이른바 동귀어진의 독공이라 할 수 있었다.

'혼자 죽지는 않겠다, 어디 매운맛 좀 보아라!'

멸살독마가 동귀어진을 각오했을 때였다.

그의 머릿속을 흔드는 한마디의 전음.

─아직은 그럴 때가 아니야. 흑점을 거두게.

─……!

묵직한 전음에 멸살독마는 전율했다. 그것이 누구의 것인지 잘 알고 있었기 때문이다.

탓!

그러는 사이 돌진해 오는 윤하월. 멍청히 있다간 그대로 두개골에 구멍이 날 것이다.

그러나 멸살독마는 흑점을 없앴다. 그 목소리를 믿기 때문이었다.

파앗!

붉은색의 돌풍이 두 사람 사이로 끼어들었다. 순간적으로 멸살독마의 시야가 온통 붉은빛으로 물들었다. 이윽고 사위로 몰아치는 혈색의 폭풍!

콰과광!

다음 순간, 윤하월은 돌진하던 반대 방향으로 튕겨져 나가고 있었다.

"크으윽!"

윤하월의 몸은 뒤편에 있던 나무와 부딪치고서야 멈췄다. 잠시 비틀거리던 그가 왈칵 피를 토했다.

"이런 빌어먹을……."

욕설을 내뱉는 윤하월의 앞에서 핏빛 바람이 사그라들었다. 그리고 그 안으로부터 흘러나오는 중후한 목소리.

"제법이군. 죽일 생각으로 손을 썼는데 그 정도에 그치다니."

기분 나쁠 정도로 차분한 말투였다. 정신을 차리기 위해 고개를 세차게 저은 윤하월이 짐승처럼 으르렁거렸다.

"네놈은 뭐냐!"

"불청객이지. 여느 불청객이 그렇듯 자네로서는 반갑지 않겠군."

멸살독마가 사내의 앞에 부복했다.

"홀로 쫓아오신 겝니까?"

"음. 독마 자네라면 본좌의 명령을 무시하고 그대로 공격해 들어갈 것 같았거든."

"클클클, 이 늙은이는 그 서신이 가짜인 줄로만 알았지 뭡니까."

"남을 좀 믿는 버릇을 가져야겠어, 독마."

"명심하겠습니다."

고개를 조아린 멸살독마가 말을 이었다.

"천마님."

"천마? 천마라고?"

윤하월이 놀란 듯 사내를 뚫어져라 보았다.

사내, 천마는 윤하월을 돌아보며 피식 웃었다.

"그래, 말로만 듣던 이의 첫인상은 어떤가?"

"……휘황찬란한 소문에 비해 정말 별것 없는 개자식이 로군."

"정파 놈들답잖게 입이 험하군. 꼭 내 부하놈들을 보는 것 같은데."

"실력은 천지차이일 거다."

"글쎄……."

어깨를 으쓱인 천마가 비웃음을 띠었다.

"딱히 그런 것 같지는 않은데."

"흥!"

윤하월은 몸을 일으켰다. 생각보다도 타격이 컸던 듯 온 몸이 삐걱거렸지만 그는 정신력으로 버텼다. 뼈와 근육이 하나같이 비명을 질러 댔지만, 그는 격통을 느끼면서도 애써 웃었다.

"크크큭……."

어쩌면 여기가 끝일지도 모른다. 그 생각을 하니 자기도 모르게 웃음이 나왔다.

"크하하하!"

살기로 범벅이 된 광소였다.

윤하월은 핏대가 오른 눈으로 천마를 노려보았다.

"이젠 네놈이 그 늙은이 대신 덤빌 테냐? 어느 쪽이든 좋으니 어서 덤벼 봐라!"

살기만으로 사람을 죽일 기세였다. 실제로 그가 내뿜은 살기에 질린 풀잎들이 하얗게 죽었다. 그럼에도 불구하고 천마는 천하태평이었지만.

"글쎄. 본좌는 딱히 싸울 생각이 없는데."

"그 무슨 헛소리냐. 전쟁을 벌이러 온 주제에 싸울 생각이 없다고?"

천마는 빙그레 웃었다.

"전쟁이라. 보통은 그래도 급이 맞는 사람끼리 붙을 때나 전쟁이라고 칭하지 않나?"

"……네놈!"

윤하월은 두 번 생각하지 않았다. 어차피 이렇게 된 이상은 시간 끌 것도 없이 공격하고 공격하는 게 답이었다.

"어디 계속 무시할 수 있나 보자!"

그의 전력이 청룡창에 실렸다.

우우우웅!

청룡창이 가늘게 떨리며 파공음을 내기 시작했다. 극성의 공력이 실릴 때만 흘러나온다는 청룡명(靑龍鳴)이었다. 그 울음에 공명하기라도 한 듯 주변의 공기가 파르르 떨렸다.

"타아아앗!"

주변의 바람이 윤하월과 함께 몰아치기 시작했다. 그 사이로 언뜻언뜻 뇌전이 작렬하고 있었다.

그 역시 어느 정도는 검왕의 자연지경(自然之境)에 발을 걸어 놓은 단계였다.

"포효하라, 청룡!"

푸른빛 창강이 창끝의 일점에 응축되었다. 이제 청룡창은 이름 그대로 한 마리의 용인 양 허리를 뒤틀어대고 있었다. 강렬한 공명으로 인해 창대가 심하게 흔들리고 있는 것이었다. 그러한 힘이 응축된 일격에 맞는다면 그 무엇이든 허물어질 터.

창신열파(槍神熱波).

윤하월이 펼칠 수 있는 궁극의 창격이었다.

파바바밧!

푸른빛 기운에 휩싸인 윤하월의 모습은 한 마리 청룡이

었다.

그 기세는 멸살독마에 의한 중독에도 불구하고 조금도 떨어지지 않았다.

"허……."

강한 것은 아름답다던가. 멸살독마는 자기도 모르게 홀리는 듯한 기분이었다.

천마 역시 고개를 끄덕였다.

"훌륭하군."

"여유 부리지 마라!"

크르르릉!

청룡명이 극한에 달했다. 그야말로 청룡이 울부짖는 듯한 소리가 사위를 흔들었다.

그러한 가운데, 푸른 기운에 휩싸인 윤하월이 천마를 향해 쇄도해 갔다.

"죽어라!"

콰과과과!

두 사람 사이의 땅이 헤집어지며 하늘로 치솟았다. 뜯겨 나온 거목들이 폭풍에 휘말린 양 사방으로 흩날렸다.

그리고 그 한가운데로 돌진해 오는 한 마리 청룡.

'천마님!'

멸살독마가 근심 가득한 얼굴로 천마를 돌아봤다.

그리고 천마가 땅을 박찼다.

"놀아보자꾸나, 나찰수라(羅刹修羅)."

스르릉!

천마의 허리춤에서 한 자루 검이 뽑혀 나왔다.

태천검마저 능가한다는 명검칠존의 정점, 마검 나찰수라였다.

키이이잉!

기이한 귀곡성이 울렸다. 불그스름한 기운이 나찰수라의 칼날에 맺혔다.

천마는 나찰수라를 쥔 검을 뻗은 채 몸을 날렸다. 붉은 검강이 허공을 갈랐다.

다음 순간.

윤하월의 청룡은 붉은빛 섬광에 의해 사방으로 찢기고 있었다.

"크아아악!"

윤하월의 가슴팍에서 피가 솟구쳤다. 천마의 검강이 그의 창강을 뚫고 들어와 흉부를 갈라 버렸던 것이다.

상처가 깊었던 만큼 뼈까지 드러날 정도였다.

"커억……."

윤하월의 몸이 볼썽사납게 땅을 굴렀다. 천마는 언제 검을 뽑았냐는 듯한 태도로 땅에 내려섰다.

청룡이 불러일으켰던 폭풍은 어느새 사라진 뒤.

너무나 허무한 일전이었다.

"오오, 오오오오!"

멸살독마는 사시나무처럼 몸을 떨며 전율했다.

강하다. 너무나 강해서 어이가 없을 정도였다.

'비록 부상을 입고 기력도 쇠했다고는 해도, 정파 최강 중 한 명으로 불리는 풍신창왕을……!'

철절삼마 중 하나인 그가 고전했을 정도면 십마를 제외한 어떤 마교인도 그를 능가할 수 없을 것이다. 풍신창왕 윤하월은 그만큼 강한 사내였다.

그러나 그조차 일격에 저 꼴이었다.

'천마님은 이미 무림지존이시다. 검왕 따위와는 비교도 할 수 없다!'

멸살독마는 눈물까지 핑 도는 기분이었다. 실제로 그의 눈은 어느새 젖고 있었다.

그것을 본 천마가 물었다.

"왜 우나, 독마?"

"이 늙은이가 너무나 감격해서 그렇습니다. 죽기 직전에 무신(武神)을 만났다는 데에 너무나 감격해서 그렇습니다."

"싱거운 소릴 하는군."

천마가 피식 웃고 있을 때였다.

"크으, 으으으……."

윤하월이 아직 꿈틀거리고 있었다. 이미 엄청난 양의 피를 쏟아 냈음에도, 그는 아직 청룡창을 쥔 채 몸을 떨고 있었다.

그것을 본 멸살독마가 비웃음 가득한 얼굴을 했다.

"클클, 정말 지독한 놈이군요. 천마님의 일격을 맞고도 아직 목숨을 부지하고 있다니 말입니다."

"본좌가 죽지 않도록 힘을 조절했거든."

"과연! 그렇겠지요. 저런 놈에게 일순간의 죽음은 사치일 테지요. 고통 속에서 천천히 죽는 것이 어울릴 겁니다."

"아니."

천마는 고개를 저었다.

"놈은 여기서 죽지 않을 걸세."

"예?"

천마는 부들거리고 있는 윤하월을 응시했다.

"본좌 나름의 찬사라고나 할까? 저 정도의 사내를 지금 죽여야 한다는 게 조금 아깝거든."

"하오나 천마님, 싹은 밟아 버릴 수 있을 때 밟아야 합니다."

"걱정 말게. 놈이 온전한 상태로 돌아온다 하더라도 본좌의 십초지적이 되지 못해."

"그건 그렇습니다만……."

천마는 빙긋 웃었다.

"이 정도의 여흥은 괜찮지 않겠나? 게다가 넓게 보더라도 놈이 살아 돌아가는 편이 훨씬 나을 것이네."

"예?"

"놈이 여기서 죽는다면 그건 천무맹 놈들의 전의를 불사르게만 할 뿐이겠지. 구원군이 되어 홀로 목숨을 불사른 무사의 이야기, 이 얼마나 숭고하겠느냔 말이야."

"그, 그렇겠군요."

멸살독마는 그제야 알겠다는 얼굴을 했다.

"반면 놈이 목숨을 부지해 돌아간다면, 천무맹 놈들은 생생한 눈앞의 광경에서 공포를 느끼게 되겠지."

천마는 담담한 표정으로 덧붙였다.

"그편이 더 재미있지 않겠나?"

"클클, 과연 묘안이십니다."

멸살독마의 밭은 웃음소리를 들으며 천마가 걸음을 옮겼다. 그는 아직까지 일어나려 애쓰고 있는 윤하월에게 다가갔다.

천마는 윤하월의 머리를 콱 밟았다.

"조금 전의 얘기를 들었을 테지?"

"크으……!"

"이걸 먹어라."

천마가 무언가를 떨어트렸다. 자그마한 내단이었다.

그것을 본 멸살독마의 눈이 큼지막해졌다. 그 내단이 무엇인지 알아보았던 까닭이다.

"천마님! 그깟 놈에게 적엽단(赤葉丹)이라니요?"

적엽단이라 하면 마교 내에서도 다섯 번째 서열에 위치하는 영약이었다. 어지간한 무인은 구경조차 할 수 없는 물건.

그런 것을 적에게 주는데도 천마는 아쉽지 않은 얼굴이었다.

"조금 전 참격으로 내장의 절반이 날아갔네. 그냥 두었다간 반 시진 내에 까마귀밥이 될 테지. 적엽단쯤 되지 않고선 목숨을 건지지 못할 게야."

"하오나 그런 녀석에게 너무 은혜를 베푸시는 게 아닐지⋯⋯."

"은혜?"

천마는 피식 웃었다.

"놈에겐 이게 죽음보다 더한 고통일 텐데?"

과연 그랬다. 윤하월은 극한의 치욕감 속에서 몸을 부르르 떨었다.

"내가⋯⋯ 이걸 먹을 것 같으냐!"

"먹든 말든 마음대로 해라. 하지만 그걸 먹지 않는다면 네놈이 목숨을 부지할 수도 없다는 걸 알도록."

"천마!"

"우리는 지금 돌아간다. 그 다음은 네 스스로 택해라. 패배감 속에서 몸부림치며 죽어 갈 것인지, 치욕을 참고 살아남아 복수를 꿈꿀 것인지."

천마는 그대로 몸을 돌려 걸어갔다. 멸살독마가 아쉬운 듯 적엽단을 힐끔힐끔 쳐다봤으나, 이내 떨어진 왼팔을 주워 들고는 천마를 뒤따랐다.

파괴된 공터에 적막이 찾아왔다.

"크흑, 크흐……."

윤하월은 심장이 찢길 듯한 굴욕감 속에 흐느꼈다. 인간의 울음이 아니라 숫제 짐승의 울음에 가까웠다.

처음 창을 쥔 이래 단 한 번도 울었던 적이 없는 그였다. 그만큼 지금 그가 느끼는 굴욕감이란 엄청난 것이었다.

턱.

윤하월의 손이 내단을 붙들었다. 그는 흙이 잔뜩 묻은 내단을 그대로 쥐어 처박다시피 입안에 밀어 넣었다.

으드득. 으득!

내단보다도 흙이 씹혔다. 역한 맛이 입속을 가득 채웠다. 그러나 윤하월은 천하의 별미라도 먹는 양 꼭꼭 씹어 삼켰다.

목구멍을 겨우 넘어가는 내단과 흙덩이. 식도가 찢길 듯한 느낌에 윤하월은 몸을 떨었다.

"절대로, 절대로 잊지 않는다."

첫 번째보다도 치욕적이었던 두 번째 패배. 그것이 한 사람의 무인을 광기로 몰아붙이고 있었나.

"이 굴욕은 절대로 잊지 않겠다, 천마!"

윤하월이 충혈 된 눈으로 소리쳤다. 그의 외침을 천마가
들었는지는 알 수 없었다.

◈

정천은 생각했다.

'정말 이 힘은 제어할 수 없는 걸까?'

정천의 몸속에는 활화산이 이글거리고 있었다. 평소엔
그곳에서 약간의 불길을 길어 낼 수 있다지만 그것은 그야
말로 일부에 지나지 않았다.

그래도 그 일부조차도 중원의 상식을 넘어서는 힘이었다.

제일검 열파나락부터 제사검 뇌천월인까지, 각각의 초식
들은 정천이 본디 알고 있던 용검대와 강룡단의 초식들을
아류로 변형한 것이었다.

그 위력은 실로 절대적.

그러나 정천과 마찬가지로 인세를 초월한 초고수들에겐
통용되지 않았다.

'그러나 멸천은……'

너무나 강하다. 그것은 그것대로 문제였다.

앞선 네 개 검식들이 불길을 약간 길어 내는 정도라면,
멸천은 화산 자체를 폭발시키는 것이었다.

그 힘은 실로 초월적이었지만, 그만큼 위험하며 극단적

이었다.

문제는 여기서 발생한다. 네 개 검식과 멸천 사이의 거대한 간극에서.

'멸천은 모든 힘을 쏟아내 버리는, 최후의 최후까지 써서는 안 되는 검이다. 그러나 검왕과 같은 이들에겐 네 개의 검식들은 통하지 않아.'

네 개 검식을 능가하면서도 멸천처럼 극단적이지 않은 검식.

정천에게 필요한 것은 바로 그것이었다.

'허나 그것을 찾아낼 수 있을까?'

정천은 생각하고 또 생각했다.

자신이 알고 있는 모든 무공을 머릿속에서 정리했고, 그것들과 강룡검을 저울질하며 적당한 초식을 찾으려 했다.

그러나 번번이 막히기만 할 뿐이었다.

무공 창제란 간단한 일이 아니다. 짧게 잡아도 수년을 퍼부어야 가능할까 말까한 일.

그것은 정천에게도 통용되는 사실이었다.

엄밀히 말해 앞선 네 개의 검식도 결국은 불완전한 것에 지나지 않았다. 예컨대 열파나락은 무당의 열화검을 아류화한 것에 지나지 않았다.

그러나 이러한 편법은 더 이상 통하지 않는다. 지금부터는 모든 것을 무(無)에서 시작해야 할 판.

그렇기에 정천이 나아가지 못하는 것이었다.

'방식을 바꿔야 할까?'

정천은 생각을 정리했다.

그가 지니고 있는 힘은 중원에서 말하는 기(氣)와는 궤를 달리하는 것. 다시 말해 무공보다도 다른 방식으로 펼치는 것이 어울렸다.

그런 것을 억지로 무공이란 틀에 끼워 맞추는 게 실수일지도 몰랐다.

'다시 생각해 보자.'

정천은 머릿속에서 무공을 지웠다. 태어난 이래 단련해 왔던 하나하나의 움직임, 하나하나의 깨달음을 차차 지워갔다.

물론 쉽지만은 않은 작업이었다. 애초에 떠올리지 않으려 한다는 것 자체가 그것을 떠올린다는 걸 전제로 하는 것이었으니.

시간은 계속해서 흘러갔다. 정천 스스로도 얼마나 시간이 지났는지 알 수 없었다.

그리고 어느 순간.

자신이 무인이란 것도 잊고, 태어나 살아온 모든 기억과 추억들까지 잊었을 때.

정천의 의식 속에 남은 것은 하나뿐이었다.

뱀과 같은 눈자위. 시커먼 강철을 몸에 두른 듯한 흉물스런 비늘, 정천 정도는 단박에 찢어발길 듯한 발톱과 이빨.

드러난 갈빗대 사이로 폭발할 듯 쿵쾅거리는 심장.

'너로군.'

정천의 동료들을 앗아간 원수이자, 그에게 새 생명을 준
은인.

진마동의 마룡이 싯누런 눈동자로 정천을 노려보고 있었
다.

第十章

천마의 제안

염신은 다행히 나머지 패잔 병력을 잘 수습했다. 천무맹 선봉대는 두 번 생각하지 않고서 황룡성으로 바삐 달아났다.

죽음의 위기를 겨우 넘긴 윤하월 역시 도중에 그들과 합류하여 귀환했다.

그 소식을 들은 천무맹은 상갓집이라도 된 듯 침울한 분위기에 휩싸였다.

사망자와 행방이 묘연한 자가 도합 천이백.

불과 반나절도 안 되는 동안 병력이 반 토막이 나 버렸다.

분전이라도 펼쳤다면 그나마 나았겠지만, 전투의 내용

역시 처참하기 그지없었다.

"몰살독마가 있었단 말인가. 철절삼마의 한 명이 선봉이었단 말인가."

제갈현은 괴로운 듯 몸을 떨었다. 어느 정도 패배를 각오했던 그였지만 이 정도까지 당할 거라고는 생각하지 못했던 것이다.

"시간 벌이조차 할 수 없었는가."

그의 대응은 애초부터 울며 겨자 먹기였다.

새 맹주가 뽑혔던 만큼 천무맹엔 안정화를 위한 여유가 필요했고, 그랬기에 청성파와 종남파를 버림 패로 쓰고 말았다.

그러나 반나절의 시간조차 벌지 못했다.

군사로서는 천 명의 죽음보다도 그 사실이 더욱 가슴을 찔렀다.

"으음."

맹주인 검왕 역시 침음만 할 따름이었다. 남궁운 역시 무거운 표정으로 앉아 있기만 했다.

"본좌의 실책이오."

침음하던 검왕이 입을 열었다. 제갈현은 고개를 저었다.

"아닙니다. 저들을 상대함에 절충의 여지가 있으리라 생각했던 저의 잘못입니다."

"대책을 생각하는 건 군사지만 그것을 택하는 건 본좌지.

대패의 책임은 본좌에게 있소."

검왕은 순순히 인정하며 남궁운을 돌아봤다.

"그렇지 않은가?"

"음."

남궁운은 가타부타 말하지 않았다. 쓴웃음을 지은 검왕
이 다시 좌중을 둘러봤다.

"오늘 이 자리에서 동지들께 선언하지. 이제 다시는 패
배하지 않을 것임을 약속드리겠소. 신생 천무맹의 패배는
오늘로 종언을 고할 것이오."

자리에 모여 있는 각 문파의 문주들은 미적지근하게 고
개를 끄덕일 뿐이었다.

하기야 아무것도 보여 주지 못한 채 말로만 공언한들 무
슨 의미일까.

검왕도 그걸 잘 알았기에 그들을 책망하지 않았다.

"다음 전투엔 본좌가 직접 나서지."

"그건 안 됩니다."

제갈현이 즉각 반발하고 나섰다.

"맹주님은 천무맹 최강의 전력이지만, 동시에 모든 마교
도들이 노리는 목표이기도 합니다. 섣불리 전장에 모습을
드러내셨다가 예기치 못한 흉수에 당하기라도 하면 큰일입
니다."

"그 말을 뒤집어 보자면, 본좌가 위험할 수도 있다는 말

인가?"

묵직한 긴장감이 감돌았다.

제갈현의 말은 검왕의 자존심을 찌르는 것이기도 했기
때문이다.

문주들이 숨을 죽인 채 두 사람을 지켜봤다.

제갈현은 그러한 가운데에서도 뜻을 굽히지 않았다.

"그렇습니다, 맹주님."

"군사."

"맹주님의 자부심은 이해합니다. 수십 년을 쌓아 온 무
예라면, 그에 준하는 자존심이 따르는 것도 인지상정이겠지
요. 그러나 이것은 전쟁입니다. 단순한 개인의 무예만으로
모든 것이 결정되는 싸움과는 다릅니다."

검왕의 미간에 골이 파였다. 그는 팔짱을 낀 채로 군사에
게 물었다.

"그러면 좋은 방도가 있나?"

제갈현은 솔직하게 말하려고 했다. 정천이 말했던 것처
럼 숫자로 밀어붙여야 한다고. 지금은 자존심을 따질 때가
아니라고 말이다.

그러나 그가 입을 열기 전, 갑작스레 문이 열리며 비영대
주 비목이 들어섰다.

"군사, 이것을."

비목이 들고 온 것은 핏빛으로 물든 서신이었다.

그것이 본디 흰색 비단이며, 천무맹 무인의 피로 물들었다는 것을 안 문주들이 인상을 구겼다.

"이게 뭔가?"

"오늘 아침 청룡문 문지기 중 하나가 화살에 맞았습니다. 그 문지기를 맞힌 화살에 묶여 있던 서신입니다."

"오늘 아침이라고?"

제갈현이 놀란 눈을 했다.

비영대가 관찰한 바로는 마교 선봉대는 아직 황룡성에서 사흘 거리에 있었다. 마교 본대는 당연히 그보다 멀리 있고.

그런데 오늘 아침에 화살을 맞았다는 것은…….

"사흘 거리를 단번에 주파할 수 있는 인물이 날렸다는 소리일 테지."

검왕의 결론이었다.

"이리 줘 보게."

검왕은 제갈현이 아직 읽지도 않은 서신을 낚아채듯 빼앗았다.

"으음."

검왕의 주름이 더욱 깊어졌다. 서신 맨 끝에 찍혀 있는 인장을 보았던 것이다.

천령인(天令印). 하늘의 명령이 담겨 있다는 의미를 지닌 오만함의 극치.

이것을 쓰는 사람은 중원을 통틀어 한 명뿐이었다.

"놈이 보냈군."

"놈이라 하심은……?"

"천마."

짤막한 대구에 문주들이 술렁이기 시작했다. 검왕은 다시 시선을 올려 서신의 내용을 읽어 내려갔다.

이윽고 그의 이마에 핏발이 섰다.

"건방진 놈!"

파삭.

검왕이 발한 살기에 바로 앞 탁자가 거세게 흔들렸다. 제갈현은 깜짝 놀라서 그에게 물었다.

"대체 무슨 내용이기에 그렇습니까?"

"직접 읽게!"

검왕이 던지다시피 한 서신을 받아 든 제갈현이 내용을 읽었다. 잠시 후 그의 표정 역시 사정없이 일그러졌다.

서신의 내용은 간단했다. 그게 의미하는 바는 결코 간단하지 않았지만.

본좌는 천무맹과 황룡성을 재로 되돌릴 것이다. 그러나 너무 압도적이고 싱거운 싸움은 그간의 갈증을 채울 수 없을 터.

이에 본좌는 정파 무림인들에게 제안한다. 각 진영의 대표 다섯을 위시로 한 비무회를 개최할 것을.

방식은 간단하다. 양측 무인들이 차례로 나와 싸운다. 세 판 이상을 이기는 쪽이 승리한다.

너희가 이길 경우 본좌는 한 달 동안 너희를 공격하지 않겠다. 물론 그 한 달 뒤엔 정파무림의 모든 것이 사라질 것이다.

한 달을 더 살아남을지, 지금 당장 죽음을 택할지.

선택의 너희의 몫이다.

"진검운!!"

천마의 본명을 내뱉은 제갈현이 서신을 좌우로 당겨 부욱 찢어 버렸다. 검왕보다도 격한 반응에 문주들이 화들짝 놀랐다.

"대체 어떤 내용이기에 그러시오?"

"군사, 말씀을 좀 하시구려."

문주들의 물음에 제갈현은 매몰차게 대꾸했다.

"들으실 것도 없소! 수준 낮고 저열한 협박일 뿐이니 말이오."

"군사, 그렇지는 않다고 보네만."

남궁운이었다.

"정말 단순한 협박이었다면 자네가 그리 학을 낼 리가 없겠지. 저열한 도발에도 흔들리지 않는 사람이 바로 만통

지재 아니던가."

"저는……."

제갈현은 말을 잇지 못했다. 잠시나마 흥분했던 자신이 부끄러웠기 때문이다.

그가 입을 열지 못하자 검왕이 대신 말했다.

"천마가 비무대전을 제안해 왔소."

"비무대전!"

"대표를 선발하여 싸우자는 것입니까?"

"그렇소. 그 제안하는 방식이란 게 실로 오만하기 짝이 없더군. 다섯 명의 대표를 선발하되, 우리가 승리할 경우 한 달의 말미를 준다더군."

"한 달의 말미?"

문주들이 어리둥절해하자 검왕이 덧붙였다.

"죽음을 각오할 시간을 주겠다는 것이오."

"……!"

"그 무슨!"

그제야 문주들도 알 수 있었다. 왜 그리도 제갈현이 분개했던 것인지 말이다.

그리고 그의 감정은 그들에게도 똑같이 옮겨 붙었다.

"빌어먹을 놈들! 우리를 우습게 보아도 유분수지!"

"아무리 천마라 해도 이렇게나 오만무례할 수 있단 말인가!"

"정말 들을 필요도 없는 얘기였군!"

회의장 안이 분노로 들끓었다. 그러한 열기에서 벗어난 인물은 검왕과 남궁운 정도였다.

남궁운은 차분한 눈으로 검왕에게 말했다.

"받아들이셔야 합니다."

그의 말에 검왕보다도 문주들이 분개했다.

"그게 무슨 말씀이오, 남궁세가주!"

"놈들이 원하는 대로 놀아나겠다는 것이오?"

"그 제안을 받아들이는 것 자체가 치욕이라는 걸 모른단 말이오?"

남궁운은 자신에게 반발하는 이들을 한심하다는 눈으로 쳐다봤다. 그의 눈빛에 문주들도 이내 잠잠해졌다.

자리를 빼앗겼다고는 하나 한때 천무맹의 맹주였던 사내다. 그저 바라보는 것만으로도 상대를 위축시키는 힘이 그에게 있었다.

"그대들이야말로 적의 계략에 넘어가고 있소. 마교가 가장 바라는 것이 속전속결이란 걸 모른단 말씀이오?"

"……"

"놈들은 서전에서 승리했고 우리는 패배했소. 하물며 놈들의 빠른 진군에 우리는 아직 대응할 채비조차 갖추지 않았소."

남궁운은 검왕을 돌아봤다. 어차피 그가 말하고자 하는

대상은 어디까지나 그였기에.

"준비를 갖추지 않고 싸우는 것이야말로 천마가 바라고 마교도들이 바라는 것이오. 굳이 그 제안 때문이 아니더라도 우리에겐 시간이 필요하오."

"저 역시 남궁세가주의 의견에 동의합니다."

제갈현 역시 의견을 합쳤다.

잠시 숙고하던 검왕도 고개를 끄덕였다.

"확실히 그 말이 일리가 있군. 게다가 놈들에게도 보여 줄 필요가 있을 것 같고."

쿵!

검왕이 발을 구르니 회의장 전체가 울렸다.

"놈들이 범의 코털을 건드렸다는 것을."

◈

"정천은 아직도 나오지 않았나?"

장유추의 질문.

연공실 쪽을 힐끔 돌아본 화연란이 고개를 끄덕였다.

"네. 아직도 묵상 중이세요."

"상당히 오래 걸린다……고 말하진 못하겠군. 남들은 한 번 폐관에 들어가면 몇 개월을 까먹는 경우도 허다하니 말이야."

말은 그렇게 하면서도 초조함을 감추지 못하는 장유추였다.

며칠 전이었다면 모르되, 지금은 황룡성 전체가 술렁이고 있는 때였기 때문이다.

마교와의 서전, 그리고 패배.

소식은 삽시간에 황룡성을 휩쓸었고, 그곳의 공기를 깊이 가라앉혔다.

"이러다가 황룡성이 폭삭 망한 뒤에나 나오는 것 아닌지 모르겠군."

농담인지 진담인지 모를 말을 하는 장유추였다. 화연란은 쓴웃음을 짓고는 말을 돌렸다.

"그나저나 다녀오신 성과는 좀 있었나요?"

"음."

장유추는 우락부락한 오른팔을 내밀어 보였다. 곳곳에 송곳에 찔린 듯한 자국이 가득했다.

"그건……?"

"무엇이겠나. 망할 활쟁이 할멈에게 당한 흔적이지."

"누가 할멈이라고요?"

부드럽지만 날이 서린 목소리가 뒤에서 들려왔다. 장유추는 뜨끔해서는 허허 웃었다.

"으음, 노부가 할멈이라 했었던가?"

"제가 잘못 들은 게 아니라면요."

"잘못 들은 것이겠지, 궁후."

"그 말은 제가 가는귀가 먹었다는 건가요?"

"으음, 그것이 아니라……."

장유추는 그답지 않게 쩔쩔매고 있었다. 그럴 만도 한 게, 요태희와 그사이의 실력차는 눈에 띌 정도였기 때문이다.

"오셨어요?"

"그래요."

화연란의 인사에 요태희가 부드럽게 웃었다.

그들은 요 짧은 시간 동안 대련을 하고 있었다.

물론 말이 좋아 대련이지, 거의 생사투에 가까운 수준이었다. 그렇기에 화연란을 비롯한 화륜문 사람들은 접근조차 못하게 했고.

"그런데……."

요태희의 뒤편을 살피던 화연란이 물었다.

"언니는 어디 계시죠?"

"그곳에 남아 있어요."

"무슨 문제라도 생긴 건가요?"

"그건 아니에요. 그저……."

요태희가 미소를 지으며 말을 이었다.

"조금 지쳤답니다."

"그게 조금 지친 정도라고?"

장유추가 혀를 내두르며 고개를 저었다.

"세상에 독한 사람이 많다지만 당신만큼 독한 사람은 처음 봤다. 노부나 그 계집도 독기로는 누구에게 밀리지 않는 종자들이지만…… 당신에 비할 바는 아니지."

"어머나, 그렇게 말씀하시니 조금 섭섭해요. 저는 그저 여러분을 위해 노력했을 뿐인걸요."

"뭐, 그 사실을 부정할 생각은 없다. 우릴 죽도록 몰아붙이는 것도 노력은 노력이니."

"그래서, 싫은가요?"

잠시 생각하던 장유추는 고개를 저었다.

"그렇다고는 말하지 못하겠군. 무엇보다도 지금의 우리에게 가장 필요한 거니까."

장유추는 며칠 전을 떠올렸다.

당시의 백미련은, 보통의 활을 든 요태희에게 백초의 공방 끝에 무릎 꿇었다.

경악할 만한 사실은, 초반의 팔십초 동안은 요태희가 아무런 공격도 펼치지 않았다는 점이었다.

실질적으로는 이십초 만에 진 셈이다. 그야말로 충격적인 패배였다.

백미련은 반쯤 넋이 나갔었고, 요태희는 그런 그녀에게 한마디를 건넸다.

"당신에겐 아직 성장의 여지가 남아 있어요. 어쩌면 내가 그걸 도울 수 있을지도 모르겠군요."

궁후라는 이름에 걸맞은 여유랄까. 백미련은 호승심에 차서 이글거리는 눈으로 그녀를 보며 대답했다.

"그 도움, 받아들이겠어."

거기에 장유추까지 끼게 되었다. 말 그대로 얼떨결에 말려든 셈이었다.

물론 장유추로선 그게 싫지만은 않았다. 강해질 수 있는 기회. 무인이라면 누구나 바라는 것일 테니까.

'그리고 지금까지의 전적은……'

대략 수십 번을 싸워서 전패.

그것도 둘이 덤볐음에도 이 모양이다.

"저기 오는군요."

요태희의 말에 장유추는 상념을 멈췄다. 과연 그녀가 가리킨 쪽에서 백미련이 터덜터덜 걸어오고 있었다.

휘청거리는 모습. 요태희의 말마따나 지칠 대로 지친 듯했다.

"언니?"

화연란이 걱정스런 얼굴을 했다. 장유추는 약간 변명하는 심정이 되어 설명했다.

"궁후도 독하지만 저 계집도 보통이 아니더군. 보는 노부가 질릴 정도로 덤비고 덤비고 또 덤벼들더군."

"그거야말로 그녀의 장점이지요. 끈기가 있고 이해력도

뛰어나요. 어쩌면 십 년 내로 저를 따라잡을 수 있을지도
모르죠."

"십 년이라."

장유추는 질린 표정을 지었다. 백미련 정도의 끈기와 자
질로도 십 년이나 걸린단 말인가?

그러나 외관과 달리 궁후의 나이는 장유추보다도 많다.
그런 걸 감안한다면, 게다가 백미련은 이제 꽃다운 나이일
뿐.

그렇다는 건 그녀의 자질이 정말 빼어나다는 의미로 볼
수 있었다.

"몸은 좀 어떻죠?"

요태희의 물음에 백미련이 이를 갈았다.

"알면서 묻는 건가?"

그녀의 옷은 곳곳에 붉은 자국이 나 있었다. 그게 누구의
피인지는 새삼 물을 것도 없었다.

"누차 말하지만 본후는 그대를 반드시 꺾어 보이겠어.
십 년? 오 년이 지나기 전에 그대를 본후의 발아래에 무릎
꿇리고 말 거야."

"아마 힘들 거예요."

웃는 낯으로 대답하는 요태희. 그림자처럼 항상 붙어 있
는 그녀의 여유로움이 백미련은 싫었다.

"금창약이라도 가져올까요, 언니?"

화연란의 물음에 백미련은 고개를 저었다.

"괜찮다. 치명상은 없었으니까. 그보다 정천은 좀 어떻지?"

"오라버니는 아직……."

백미련의 눈이 가늘어졌다.

"큰일이군. 묵상에 너무 깊이 잠겼다간 시간 가는 줄도 모를 텐데. 마교는 그렇다 쳐도 마라혈천이 공격해 온다면……."

"그럴 일은 없을 거예요."

단언하는 듯한 요태희의 말에 백미련이 고개를 획 돌렸다.

"어떻게 그리 단정 지을 수 있는 거지?"

"혈선들은 이 전쟁이 지속되기를 바라고 있으니까요. 엄밀히 말해 보다 많은 이들의 죽음이 일어나기를 바라고 있지요."

"그게 대체 무슨 소리지? 그걸로 그들이 얻을 수 있는 게 뭐라고?"

백미련이 다그쳤지만 요태희는 고개를 저었다.

"자세한 얘기는 정천 소협이 나온 뒤에 하겠어요. 사실 이 얘기를 가장 잘 이해할 수 있는 사람도 그일 테고요."

"마라혈천인 본후보다도 말인가?"

"마라혈천이라 해도 당신 역시 결국은 중원의 무인일 뿐.

이계(異界)를 경험했던 정천 소협과 같을 수는 없답니다."

"이계……라고?"

낯선 단어에 백미련이 주춤했다. 화연란 역시 이해할 수 없다는 표정을 지었다.

"그런데……."

묵묵히 듣고만 있던 장유추가 지적했다.

"마치 궁후, 당신 역시 정천과 비슷한 부류인 양 얘기하는군. 당신은 우리들과는 다르다는 건가?"

그의 말에 요태희가 쓴웃음을 지었다.

"그래요."

第十一章

용을 보다

"비무대전."

멸살독마가 황당하다는 듯 중얼거렸다.

"그런 것을 제안하셨단 말씀입니까?"

"그래."

천마의 대답은 단순했다. 그러나 멸살독마는 여전히 이해할 수 없다는 얼굴이었다.

"어째서? 왜 그런 제안을 하셨습니까? 괜히 놈들에게 기회를 줄 것 없이, 단번에 쓸어버리는 편이 몇 배는 나을 텐데요."

"흥. 단순히 그들을 쓸어버려서는 속이 시원하지 않잖소."

천마 대신 대답한 이는 애꾸눈의 거구인 낙살부마(烙殺斧魔)였다. 어찌 보면 무례할 수도 있는 일이었으나 천마는 굳이 지적하지 않았다.

멸살독마가 뿌드득 이를 갈았다.

"어리석은 소리를 하는구나, 부마. 놈들은 전갈 같은 존재가 아니더냐. 그냥 두었다가 언제 독침을 뻗을지 모르는 것들이야."

"흥. 그깟 어린애들 장난 같은 독 따위."

"이놈이?"

멸살독마가 두 눈을 부릅떴다. 아무래도 그로선 독을 얕보는 말을 가만히 듣고 넘길 수가 없었다.

그가 한 소리를 하려고 할 때였다.

"독마야말로 뭘 모르시는군. 우리의 원정은 단순히 정파 놈들을 얼마나 죽이느냐가 아니잖소? 천무맹이란 집단 자체를 꺾어 버리는 것이 목적이 아니오?"

"그렇소. 얼마나 철저히 놈들을 짓밟느냐가 중요한 것이 아니겠소?"

이번에 끼어든 사람은 무령권마와 굉천궁마(轟天弓魔)였다.

그들의 말도 일견 옳기는 했다. 어차피 황룡성이 정파무림의 전부도 아닌 바, 단순히 쓸어버리는 것보다는 정파무림을 충격에 몰아넣는 게 더 의미가 있을 수도 있었으니.

"그러나 놈들은 우습게 볼 것들이 아니다. 말미를 주었다가 자칫하면 우리가 협공당할 수도 있어!"

황룡성은 그야말로 정파무림의 심장부에 위치했다.

같은 섬서성 내로는 화산파와 종남파가 자리 잡고 있으며, 조금 떨어진 곳엔 소림사와 무당파, 제갈세가 등이 있는 것이다.

멍청히 시간을 죽이다간 그들 문파의 무인들에게 포위당할 수도 있었다.

수적으로 불리하다는 것을 생각해 보면 결코 이로운 상황은 아니었다.

"흥. 팔 하나를 잃더니 겁을 먹은 거요?"

귀도신마의 비웃음에 기어코 멸살독마가 살기를 뿌렸다.

"건방진 놈! 네놈의 팔도 이 꼴로 만들어 주랴?"

"재미있군. 나머지 팔 하나도 귀령이가 끊어 주는 건 어떻겠소?"

두 사람 간의 공기가 험악해지자 천마가 혀를 찼다.

"또 본좌 앞에서 애들처럼 싸울 텐가?"

"그럴 리가요."

히죽 웃은 귀도신마가 두 손을 들어 보였다. 멸살독마는 그를 노려보던 눈을 치웠다.

"죄송합니다, 천마님."

"되었네. 어쨌든 놈들이 제안을 받아들일 경우를 대비해 대표를 뽑도록 하지."

"모두 몇 명을 뽑으실 겁니까?"

"총원은 다섯. 뽑는 것은 네 명."

천마가 피식 웃었다.

"한 자리는 본좌의 것이니까."

◈

"한 자리는 본좌의 것이오."

검왕이 딱 잘라 말했다. 제갈현이나 남궁운도 이번엔 반
대하지 않았다. 최정예 전력이 나서야 한다면 그중 한 자리
는 응당 검왕의 것이어야 했다.

"그렇다면 문제는 남은 네 자리가 되겠군요."

"으음."

"흠, 흠……."

제갈현의 말에 문주들이 서로의 눈치를 보기 시작했다.

그들로선 그다지 탐이 나진 않는 자리였다. 예전이라면
모를까, 마교인들의 실력을 새삼 알게 된 지금은 선뜻 나서
기가 어려웠다. 이기고 지는 게 문제가 아니라 살고 죽는
게 문제였으니 말이다.

그때였다. 메마른 목소리가 정적을 흔들었다.

"한 자리는 내 것이오."

문이 덜컥 열리며 붕대를 칭칭 감은 사내가 창 하나를 굳게 쥔 채 들어섰다.

그를 본 검왕이 미소를 지었다.

"자네라면 언제나 환영이지, 풍신창왕."

얼굴에 감긴 붕대 너머로 윤하월의 두 눈이 이글거렸다. 상처투성이의 모습이었으나 어느 누구도 그것을 비웃을 수 없었다.

상처 입은 한 마리의 야수. 평소보다도 훨씬 위험한 그가 바로 윤하월이었다.

"내게 천마와의 일전을 맡기시오."

"그 꼴을 당하고도 또 다시 그와 붙어 보겠다는 건가?"

남궁운의 말에 윤하월은 청룡창을 꾹 쥐었다.

"물론이오."

문주들이 미묘한 표정을 지었다.

윤하월이 천마에게 패했다는 것은 그들도 알고 있었다. 본인이 한 말인 만큼 정말일까 싶어 하는 이들도 있긴 했으나, 대부분은 그 말 자체는 믿고 있었다.

이는 달리 말하면, 윤하월이 천마에게 쪽도 못 쓰고 깨졌다는 것.

다시 싸워 봐야 의미가 있을까 싶었다.

물론 그 말을 입 밖에 꺼내는 이는 없었다. 윤하월의 분노를 사고 싶진 않았으니까. 검왕 역시 그걸 알기에 아무 말도 하지 않았다.

"몸은 괜찮은가?"

검왕의 물음에 윤하월은 청룡창을 들어 보였다.

휙!

모두의 눈앞에서 푸른빛이 번뜩였다 싶은 순간, 회의장의 탁자마다 놓여 있던 화병들이 모조리 반으로 베어졌다.

사람들은 교묘하게 피한 채 화병만 잘라 버린 신기(神技).

이전의 윤하월이었어도 가능했을까 싶은 묘기였다.

검왕이 손뼉을 쳤다.

"대단하군. 오히려 이전보다도 기를 다스리는 능력이 발전한 것 같으이."

"……"

윤하월은 대답 없이 창을 거뒀다. 칭찬을 들었음에도 붕대로 가려진 그의 표정은 그리 좋지 않았다.

확실히 자신이 강해졌다는 건 누구보다도 여실히 느끼고 있는 그였다. 그리고 그것이 적엽단의 효능 덕이란 것도 잘 알았다.

우선은 그 사실이 싫었다.

피치 못할 사정이었다고는 해도 적의 도움을 받았다는 게.

그러나 그보다 싫은 것은, 그렇게 강해졌음에도 아직 천마에 비할 바는 아니란 사실이었다.

'제길.'

윤하월은 잘 알고 있었다.

기세 좋게 소리치긴 했지만, 자신이 천마와 붙게 된다면 필패하리란 것을. 그것을 다른 이들도 알고 있으리란 것도. 그걸 알면서도 아무 말도 하지 않았다는 것도.

그러나 나설 수밖에 없었다. 지금은 그저 누군가와 목숨을 걸고 싸우고만 싶었으니까.

"어쨌든……."

검왕이 다시 좌중을 둘러봤다.

"두 명은 찼으니 나머지 셋을 뽑아야겠군."

"……."

"……."

문주들 중 어느 누구도 입을 열지 않았다. 검왕도 그럴 것임을 알았기에 그리 실망하진 않았다.

그때 남궁운이 나섰다.

"지난 황룡회의 상위 생존자들 중에서 선발하는 편이 좋을 것 같습니다만."

"저 역시 이에 동의합니다."

제갈현도 고개를 숙이며 말했다. 사실 검왕 본인도 내심 그쪽을 염두에 두고 있었다.

'그러나…….'

한 가지가 마음에 걸리는 건 어쩔 수 없었다. 정천을 다시 봐야만 한다는 것.

아마 앞으로도 그를 볼 때마다 마음에 걸릴 것이다. 자신이 그 사내를 쓰러트릴 수 없었다는 사실이. 그것은 윤하월 이상으로 자존심이 강한 검왕에게 있어 큰 고통이 될 터였다.

그러나 지금은 천무맹이 우선.

검왕은 사적인 감정을 미뤄 두고서 입을 열었다.

"누군가 추천할 자가 있나?"

내키지 않는 듯한 검왕의 물음에 남궁운은 마음속으로만 미소를 지었다.

"궁후 요태희, 뇌혈도 장유추, 섬서일권 현상성, 열사도객 마태륜……."

하나같이 쟁쟁한 이름들. 문주들의 얼굴에 '과연' 하는 표정이 떠올랐다.

"그리고 전 용검대 조장 정천."

"……."

검왕의 얼굴이 미묘하게 일그러졌다. 물론 그걸 간파한 사람은 남궁운을 비롯해 극소수뿐이었다. 대다수의 문주들은 어리둥절해 하거나 시큰둥한 반응을 보였다.

검왕이 나직이 말했다.

"……그들 모두를 호출하게."

"······하여, 형님의 요청을 받고 오게 되었습니다만."

제갈순이 긴장한 채 말했다. 아무래도 천하에서도 손꼽히는 강자들 앞이다 보니 어쩔 수 없었다.

정작 그의 얘기를 들은 당사자들은 여유로운 반응이었다.

"흠, 비무대전이라. 어쩌면 놈이 나올지도 모르겠군."

장유추는 하나뿐인 팔을 흔들어 보이며 중얼거렸다. 요태희는 그저 빙그레 웃기만 할 뿐이었다.

"그런데······."

같이 있던 화연란이 물었다.

"그중엔 정천 오라버니도 포함되나요?"

"그렇소. 정천 그자는 지금 어디에 있소?"

"연공실에서 묵상 중이세요."

제갈순의 얼굴이 살짝 굳었다.

"얘기를 전해 주실 수 있겠소?"

"글쎄요······."

화연란의 반응은 부정적이었다. 그럴 수밖에 없는 게, 묵상이란 보통의 단련보다도 훨씬 조심스러운 것이었기 때문이다.

정신을 거의 극한까지 잠재운다. 약하게는 꿈의 경계에

서 깊게는 죽음의 경계까지.

무인의 묵상은 그런 상태로 머릿속을 단련하는 것이었다.

때문에 중도에 외부에서 함부로 건드려선 안 됐다. 자칫하면 주화입마에 빠질 수도 있기 때문이다.

제갈순도 그것을 알기에 더 부탁하지는 않았다.

"어쩔 수 없군. 아쉬운 대로 두 분만이라도 가셨으면 합니다."

"뭐, 그래야겠군."

장유추가 자리에서 일어났다. 그러나 요태희는 꿈쩍도 하지 않았다.

"……궁후?"

"죄송하지만 저는 가지 않겠어요."

"예?"

제갈순이 당황했다. 그녀와 정천을 빼더라도 나머지 세 명이 있긴 하지만, 그래도 그중 최강 전력은 그녀였던 것이다.

그녀와 검왕과 윤하월, 세 사람만 있으면 충분히 승산을 자부할 수 있다. 그것이 황룡성 내 모든 무인들의 생각이었다.

그런 그녀가 가지 않겠다니?

"뭔가 문제라도 있습니까?"

"저는 이곳을 비울 수 없습니다. 정천 소협이 깨어날 때까지는 말이죠."

제갈순의 입이 살짝 벌어졌다. 대체 이게 무슨 말이란 말인가?

"그게 무슨 의미입니까?"

"말 그대로입니다. 더 설명드릴 수는 없겠군요."

"하지만 지금 천무맹은 큰 위기 앞에 놓여 있습니다."

"제 용무는 마교와의 전쟁보다도 중합니다."

딱 잘라 말해 버리는 요태희. 이렇게까지 말하는 이상 제갈순으로서도 더 뭐라 말할 수가 없었다.

"그, 그렇다면 어쩔 수 없지요. 뇌혈도 선배님이라도 같이 가시죠."

"그럴 필요 없어."

익숙한 목소리에 모두들 고개를 돌렸다. 조금 떨어진 거리에서 정천이 걸어 나오고 있었다.

"오라버니!"

화연란이 자리에서 일어나 정천에게 달려갔다. 요태희 역시 어느새 일어나서는 그녀의 뒤를 따랐다.

"깨어났군요, 정천 소협."

"응. 그런데 당신은 왜 여기에 온 거지?"

"화륜패 공의 부탁을 받았었습니다."

"대주님의……?"

정천의 표정이 살짝 굳었다가 풀어졌다.

"대주님이 언제나 얘기하셨었지. 바깥의 믿을 만한 사람에게 도움을 청해 두었다고 말이야. 그게 당신이었던 건가?"

"그래요."

"그럼 어디까지 알고 있지?"

"그들의 목적, 그들이 온 곳."

정천의 눈동자가 흔들렸다.

"모든 것을 알고 있군."

"꼭 그렇지만은 않아요."

"하지만 내가 알고 싶은 것은 전부 알고 있군그래. 어쨌든 얘기를 들어 볼 수 있을까?"

"그래요. 저도 목을 빼고 기다려 왔으니까요."

요태희가 눈짓을 했다. 둘만 있는 자리로 가자는 것이었다. 하지만 정천은 고개를 젓고서 말했다.

"가면서 듣지. 저쪽 사정도 나름대로 급한 모양이니."

정천이 말한 저쪽이란 물론 제갈순을 말하는 것. 그러나 요태희는 탐탁찮은 듯한 표정을 지었다.

"저들의 일은 그리 중요한 게 아니에요. 우리에겐 그보다 중요한 일이……."

"가면서 전음으로 얘기하면 될 일이잖아? 게다가 만나야 할 사람도 있어."

"검왕 말인가요?"

"아니."

고개를 저은 정천이 대답했다.

"천마."

◈

"귀도신마, 무령권마, 혈패검마(血覇劍魔), 금강역마(金剛力魔)."

네 사람을 호명한 천마가 말했다.

"이상의 네 명이 본좌와 함께 나간다."

"천마님!"

네 사람의 대답보다도 멸살독마의 경악성이 더 빨랐다. 천마는 이맛살을 찌푸리고는 귀를 후볐다.

"독마."

"이러실 수는 없습니다! 본괴에게 복수의 기회를 주지 않으시다니요! 본괴의 분노는 누구보다도 천마께서 잘 아시지 않습니까?"

"그건 그런데…… 본인의 몸을 살피라고. 아직 상처가 다 치유되지도 않았잖나."

실제로 그러했다. 입은 상처 자체는 윤하월보다 훨씬 심한 멸살독마였던 것이다.

신의로까지 불리는 마의로서도 잘려 나간 팔을 어찌하지

는 못했다. 게다가 참격을 입은 상처로 인한 고열이 멸살독마를 괴롭히고 있었다.

언제 거꾸러져도 이상하지 않을 상황.

멸살독마는 그런 상태를 정신력 하나만으로 버티고 있는 중이었다.

허나 그렇다는 건, 정신력의 실이 풀리는 순간 큰일이 난다는 것.

"그대에겐 휴식이 필요해, 독마."

"그놈, 풍신창왕에게 복수하기 전엔 한시도 눈을 감을 수가 없습니다!"

천마는 잠시 갈등했다. 진실을 말해야 할까 하는 갈등이었다.

적엽단을 먹어 회복한 윤하월은, 어찌 되었든 지금의 멸살독마보단 강할 거라는 진실.

그러나 천마 역시 사람이었고, 차마 그 말을 본인에게 할 수는 없었다.

"어쨌든 독마, 본좌는 이미 마음을 정했으니 더 이상 왈가왈부하지 말게."

"그러지 못하겠습니다, 천마!"

아무래도 쉬이 물러나지 않을 기세다. 쩝 하고 입맛을 다신 천마가 말했다.

"그렇다면 어쩔 수 없지."

탓!

한순간 모두의 시야에서 천마가 사라졌다. 이윽고 그가 모습을 드러낸 곳은 멸살독마의 바로 앞이었다.

내뻗은 주먹이 멸살독마의 복부에 꽂힌 상황.

기역 자로 허리가 꺾인 멸살독마가 이내 실신해 버렸다.

"마의."

"예."

남들의 허리까지밖에 머리가 닿지 않는 노인이 걸어 나왔다. 천마는 혼절한 멸살독마의 몸을 그에게 건넸다.

"당분간 깨어나지 못하게 만든 후에 철저히 치료하도록. 잘려 나간 팔도 원상회복시켜 주고."

"흘흘, 그럽지요."

마의가 웃으며 멸살독마의 몸을 받아 들었다.

노인치곤 건장한 편인 멸살독마를 노인이라 쳐도 심하게 작은 마의가 든 모습이 심히 이상해 보였다.

"왼팔을 다시 붙일 수 있었던 겁니까?"

귀도신마의 물음에 천마가 피식 웃었다.

"그가 괜히 신의로 불리겠나?"

"그렇다면 일부러⋯⋯?"

"독마 저 노인네가 좀 얌전할까 싶어 일부러 붙이지 말라고 했네. 이제 와 보니 그것노 소용이 없었던 것 같지만."

"허."

혀를 내두르는 귀도신마에게서 눈을 뗀 천마가 말했다.

"네 사람은 다들 준비가 되었겠지?"

처음 지명됐던 마교십존들이 사납게 웃었다.

"당연한 말씀을!"

"언제든 명령만 내려 주십시오."

"좋군."

미소를 지은 천마가 말했다.

"이젠 놈들이 어찌 나올지만 기다리면 되겠군."

◈

"그런데 말이지."

장유추가 정천에게 물었다.

"묵상을 통해 무언가 깨친 것이 있었나?"

정천은 피식 웃고서 고개를 저었다.

"눈싸움만 하다 왔습니다."

"눈싸움? 서로 멍청하게 노려보는 거?"

"예."

싱겁다 못해 황당한 답변이었다. 정말 그동안 싱거운 짓이나 하다 왔단 말인가?

요태희가 조심스럽게 물었다.

"누구와 눈싸움을 했지요?"

잠시 주저하던 정천이 사실대로 말했다.

"용이 한 마리 있었습니다."

"용이라고요?"

"예."

정천은 자신의 흉부를 주먹으로 툭 쳤다.

"지금도 이곳에 똬리를 트고 틀고 있는 놈이죠."

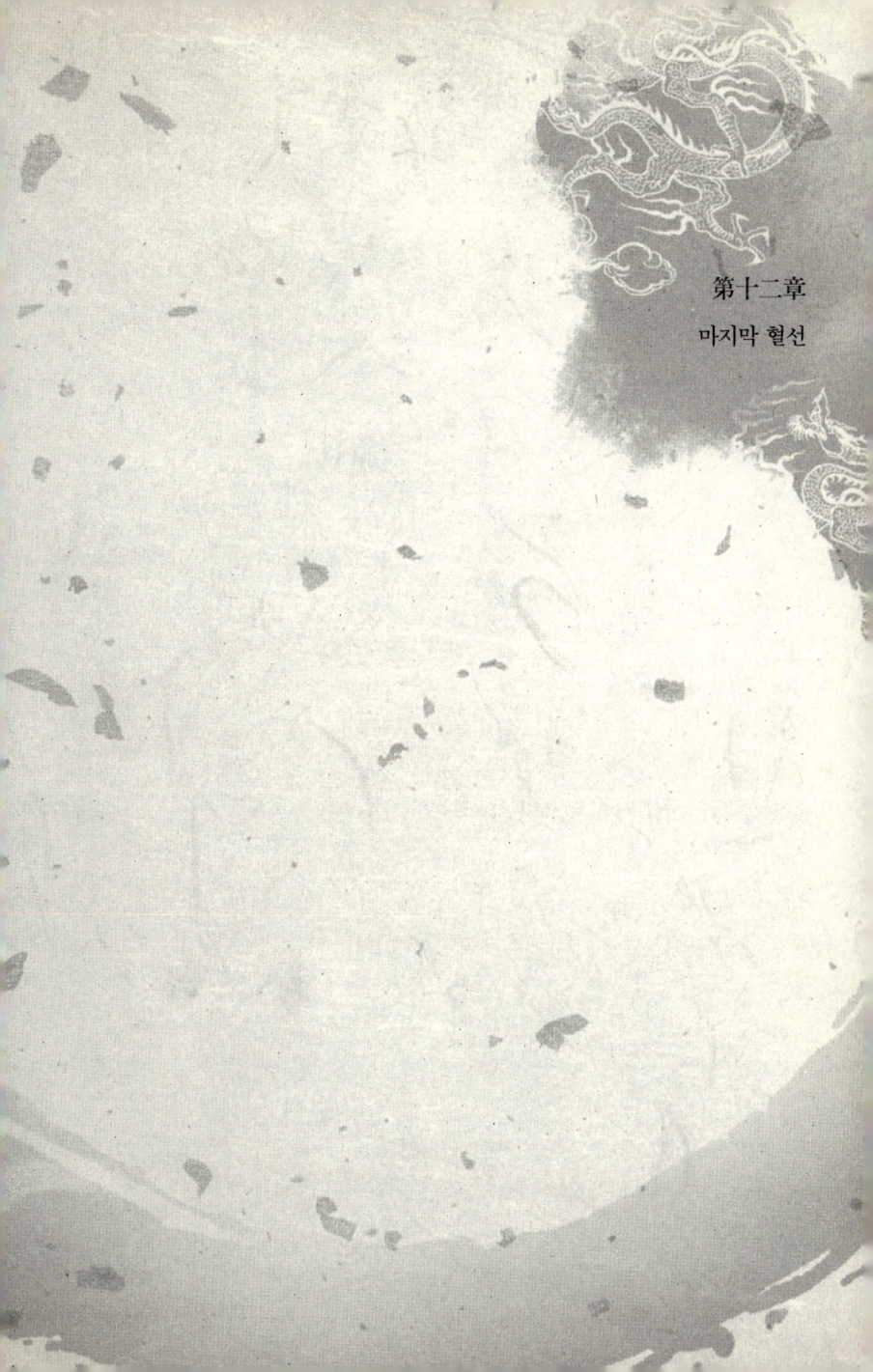

第十二章

마지막 혈선

제갈순이 세 사람을 안내했다. 그러는 동안 정천과 요태희는 내내 침묵을 고수했기에, 자연히 장유추의 말이 많아지게 됐다.

"천마가 직접 대전을 제의했단 말인가?"

"제가 들은 바로는 그렇습니다. 청룡문 문지기의 몸에 화살을 박아 넣고 갔다고 하더군요."

"그 모습을 본 사람은 없고?"

"그렇습니다. 사실 천마가 직접 화살을 날렸는지도 알 수 없습니다. 그저 추측만 할 수 있을 뿐이지요."

그래도 과히 잘못된 추측은 아니었다. 실제로 그 거리를 단번에 주파하고 화살만 날린 채 떠날 수 있는 인물은 몇

안 됐으니까.

"그나저나 사실이라면 천무맹 수뇌들이 열불 좀 낫겠구먼."

장유추가 껄껄 웃었다.

생각해 보면 당연했다. 자신들의 문 앞에 적의 수괴가 나타났다가 홀연히 가 버린 셈이니까.

자존심 강한 검왕이 그런 취급을 당했으니, 화가 머리끝까지 치솟았으리란 건 불 보듯 뻔했다.

"웃을 일이 아닙니다. 천무맹 전체가 긴장해야 할 일이지요."

"뭐, 그렇기는 하겠네만."

그리 말하면서도 웃는 낯을 지우지 않는 장유추였다. 애초에 그로서는 한 가지 사실만이 중요할 따름이었다.

'다시 놈을 만날 수 있을지도 모르겠군.'

하나뿐인 오른팔에 절로 힘이 들어갔다.

'얄미운 칼 도둑놈!'

귀도신마의 얼굴을 떠올리니 절로 힘이 솟았다. 어찌나 그 얼굴을 생각했었던지, 이제는 반가움마저 느껴질 정도였다.

한편 정천과 요태희는 전음으로 대화를 나누는 중이었다.

─그러니까, 당신은 나름대로의 조사를 하던 와중에 그들에 대해 알게 되었다는 건가?

─그래요.

─쉽지 않은 일이었을 텐데. 놈들이 그리 쉽게 정체를

발설했을 리도 없고.

　─십여 년의 시간이 걸리다 보니 어느 정도는 알게 되더
군요. 물론 저 역시 상당 부분을 추측과 예상에 의존했지만
요.

　─좋아. 일단 그렇다는 건 전제해 두기로 하지.

　정천은 본론으로 들어가기로 했다.

　─팔부혈선, 놈들의 정체는 뭐지?

　─그 질문보다는 다른 것을 먼저 하는 편이 나을 것 같
군요.

　─다른 질문을?

　고개를 끄덕인 요태희가 말했다.

　─그들의 목적이 무엇인가 하는 것.

　─……좋아. 다시 묻지. 팔부혈선의 목적은 뭐지?

　잠시 뜸을 들인 요태희가 대답했다.

　─고향으로 돌아가는 것.

　정천의 눈동자가 순간 흔들렸다. 기대했던 것에 비해 너
무나 소박한 대답이었던 것이다.

　─고향이라고?

　─그래요. 그들은 자신들이 왔던 곳으로 돌아가기 위해
모든 것을 꾸몄어요.

　얼핏 들어선 이해할 수 없는 얘기였다. 대체 그것과 그간
의 일들이 무슨 관계란 말인가?

―묻고 싶은 게 산더미 같지만 일단 이것부터 묻지. 그
것과 진마동이 무슨 관계지?

이번에도 조금 뜸을 들인 요태희가 대답했다.

―간단해요. 진마동은 그들의 실패가 불러일으킨 결과였
죠.

―실패라는 건…… 고향으로 돌아가려는 시도 말인가?

―그래요.

요태희의 시선이 허공으로 향했다.

―당신은 잘 알고 있을 거예요. 그 누구보다도 잘 알고
있겠죠. 진마동에서 나타났던 괴인들, 그들이 중원 어디에
서도 찾아볼 수 없는 것들임을.

―……그래.

그녀의 말대로였다. 무려 십 년이란 시간을 그곳에서 지
내야 했던 정천은 누구보다 잘 알 수 있었다.

그것들이 중원의 존재가 아니란 것을.

다른 세상의 존재라는 것을.

'그렇다는 건…….'

왠지 깨어져 있던 조각들이 맞춰지는 느낌이었다. 요태
희의 설명대로라면 팔부혈선이란 자들의 정체 역시 분명했
으니까.

―놈들은 다른 세상의 존재들이란 말이군.

―그렇습니다.

분명한 긍정. 그 말을 듣고 나니 정천은 왠지 허탈함이 느껴지는 것 같았다.

　요태희가 계속해서 설명을 이어 갔다.

　─그들은 긴 시간에 걸쳐 귀환을 계획해 왔어요. 그 정확한 방법이나 과정까지는 저도 잘 모르겠지만, 아마도 강력한 환술과 관련되지 않았을까 싶어요.

　─……

　─아마 그들은 일종의 의식을 통해 문을 열려고 했던 걸로 보여요.

　─문?

　─세계를 잇는 문. 중원과 그들이 왔던 세계를 연결하는 문 말이에요.

　요태희의 설명이 계속됐다.

　─그들은 의식을 통해 중원 어딘가에 문을 개통했던 것으로 보여요. 자세한 과정까진 모르겠지만, 한 가지가 필요했던 것은 분명해 보여요.

　─그게 뭐지?

　─강력한 기운의 충돌.

　─강력한…… 기운?

　─생각해 봐요. 지난 십여 년 전이 어떠했는지. 당신이 용검대로 있던 시기가 어떠했는지.

　정천은 그녀의 말대로 해 보았다.

어려울 것은 없었다. 모래 위에 그림을 그리는 것보다도 쉬운 일이었으니까.

—오직 싸움. 싸우고 싸우고 또 싸우는 일뿐이었지.

마교와 천무맹은 역사상 두 번은 없을 혈전을 벌였었다. 수도 없이 많은 이들이 피를 뿌리며 죽어 갔고, 당시 멸문당한 문파만도 수백 개에 이르렀다.

—그들의 사투와 죽음이야말로 팔부혈선들이 원하는 것이었죠.

—죽음이 의식의 재료가 된다고?

—일종의 제물이라 볼 수도 있겠군요. 어쨌든 그들은 무인들의 전투와 죽음에서 원기 비슷한 것을 추출할 수 있었던 모양이에요.

그 이후는 정천도 예상할 수 있었다.

혈선들의 의식에 의해 문이 열렸다. 그러나 의식 자체는 실패로 돌아갔고, 고향으로의 길이 아닌 마수들이 득실대는 동굴이 나타나고 말았다.

그것이 바로 진마동.

용검대와 강룡단을 죽음으로 몰아넣었던 원흉이었다.

'그렇게 우리를……!'

정천의 두 눈에서 불똥이 튀었다.

모든 것을 알게 된다고 해서 증오와 분노가 희석되진 않았다.

도리어 그것들은 정천의 몸속에서 더욱 거세게 타오르고 있었다.

요태희는 정천의 동태를 주시하며 설명을 이어 갔다.

─혈선들은 한 번의 실패를 반면교사로 삼았죠. 그들은 진마동이 열린 순간 자신들의 실수를 체감했을 거예요. 막무가내로 두 세력을 싸움 붙이는 것은 도움이 되지 않는다고요.

그들은 십 년 동안을 조용히 지내 왔다. 만들어진 화평으로 마교와 천무맹에 평화를 심어 두고서.

그리고 지금은 그 결실을 맺으려 하고 있다.

─마교가 준동하게 된 것은 그럼⋯⋯.

─물론 전쟁 때문이죠. 아마 그들은 이 전쟁을 통해 의식을 완성하려 하고 있을 거예요. 이번에야말로 고향으로 돌아가기 위해서.

─그런가.

정천이 돌연 걸음을 멈췄다. 앞서 걷던 장유추와 제갈순이 의아한 눈으로 그를 돌아봤다.

정천은 요태희를 노려보고 있었다.

"왜⋯⋯ 그러시죠?"

"난 당신에게 거짓말을 했었어."

"거짓⋯⋯말?"

요태희의 눈동자가 살짝 흔들렸다.

"대주님께선 말씀하셨지. 그 누구도 믿지 말라고. 우리가 믿어야 할 것은 오직 우리들 자신뿐이라고. 대주님께서 장로들의 결정에 큰 반감을 가졌던 건 사실이지만, 그 배후까지 염두에 둘 정도로 세심한 분은 아니셨지."

"정천 소협."

"그분의 부탁을 받았다고? 그래서 십여 년 동안 조사를 해 왔다고?"

파밧!

강룡검이 정천의 오른팔 위로 치솟았다.

"그것만으로도 그렇게까지 정확하게 상황을 파악할 수 있나? 그들의 정체, 그들의 의도와 목적까지 모두 알 수 있나?"

"분명 추측한 부분이 많다고 했을 텐데요?"

"추측만으로는 알 수 없는 것들도 있지. 하지만 당신은 그런 것들까지 무심결에 내뱉고 말았어."

"……."

요태희가 입술을 깨물었다. 정천은 그런 그녀를 향해 강룡검을 겨누었다.

"대답해. 당신의 정체는 뭐지?"

"……."

요태희는 침묵을 고수했다.

덕분에 상황을 미처 모르는 장유추와 제갈순만이 당황하고 있었다.

"대체 무슨 일인가? 갑자기 왜 궁후에게 검을 겨누는 건가?"

"왜 그러는 거요, 정천!"

정천은 두 사람에게 구태여 설명하지 않았다. 그저 차가운 눈으로 요태희를 노려볼 따름이었다.

"제가 실수를 했군요."

한숨을 내쉬는 요태희. 그녀는 지금까지와는 조금 다른 눈으로 정천을 응시했다.

"이제 와 숨길 것도 없겠지요. 당신이 옳습니다. 저는 화륜패 공에게 딱히 어떠한 부탁을 받은 적이 없어요."

"그럼 도대체 당신은 누구지?"

"저는 요태희, 궁후라 불리는 사람입니다."

틀에 박힌 듯한 대답. 미적지근한 그녀의 반응에 정천이 뭐라 말하려 할 때였다.

그녀의 전음이 정천의 뇌리를 망치처럼 때렸다.

─그리고 마지막 혈선이기도 하지요.

〖강룡검제 7권에 계속〗

강룡검제

1판 1쇄 찍음 2011년 5월 24일
1판 1쇄 펴냄 2011년 5월 26일

지은이 | 소　월
펴낸이 | 정　필
펴낸곳 | 도서출판 **뿔미디어**

기획 | 이주현, 문정흠, 손수화
편집책임 | 이재권
편집 | 장상수, 심재영, 조주영, 주종숙, 이진선
관리, 영업 | 김기환, 김미영

출판등록 | 2002년 9월 11일 (제081-1-132호)
주소 | 부천시 원미구 상3동 533-3 아트프라자 503호 (우)420-861
전화 | 032)651-6513 / 팩스 032)651-6094
E-mail | BBULMEDIA@paran.com
홈페이지 | www.bbulmedia.com

값 8,000원

ISBN 978-89-6639-077-9 04810
ISBN 978-89-6359-809-3 04810 (세트)